小玩伴

韩小蕙 著

泰山出版社 · 济南 ·

图书在版编目（CIP）数据

小玩伴 / 韩小蕙著. -- 济南 : 泰山出版社, 2025.
8. -- ISBN 978-7-5519-0931-0

Ⅰ. I267

中国国家版本馆CIP数据核字第20258MF700号

XIAO WANBAN

小玩伴

著　　者　韩小蕙
责任编辑　王艳艳
装帧设计　路渊源

出版发行　泰山出版社
社　　址　济南市泺源大街2号　邮编　250014
电　　话　综　合　部（0531）82023579　82022566
出版业务部（0531）82025510　82020455
网　　址　www.tscbs.com
电子信箱　tscbs@sohu.com
印　　刷　山东通达印刷有限公司
成品尺寸　140 mm × 210 mm　32开
印　　张　5.75
字　　数　120千字
版　　次　2025年8月第1版
印　　次　2025年8月第1次印刷
标准书号　ISBN 978-7-5519-0931-0
定　　价　39.00元

目　录

柔软的金丝猴

我自己也不知道是怎么回事，岁数已经不小了，但依然是个超级“动物控”，见到小猫小狗，双腿就像立刻被铁链锁住了似的走不动道，眼睛盯着它们看也看不够，直到它们走得远远的为止。然而说实话，我却从来不喜欢猴子，不知是因其长得丑还是太“皮”，反正是不喜欢，家里几十只毛绒动物中没有一只猴子。幸运的是，全家兄弟姐妹连同他们的儿孙，一个属猴的也没有，真是太好了。

全没想到走了一趟神农架，竟彻底颠覆了我对猴类的观念。

神农架地域广大，群峰连绵不绝，最高峰有3000多米，不算太高，也不算特别险峻。这里的山山岭岭都站满了树，连每个石缝儿里都挤满了绿，形成连绵起伏的绿色凸起，如同大地涌动着凝固的碧浪。天空蓝得纯粹，纯粹得无一丝恍惚，就像波斯猫的那双蓝眼睛，一眨不眨地盯着你，直到把你的心软化得荡漾个不停。云彩飘得纯粹，纯粹得无一丝杂念，就像你的小狗直直地向你的怀里扑来，毫无一点儿保留地信赖你。山溪奔跑得纯粹，纯粹得毫不犹豫，从高达数百丈的山崖上纵身跳下，就像舍身饲虎的佛陀，将他的血液乃至性命完美地奉献出来。空气透明得纯粹，纯粹得丝丝入扣，浸润着天地万物，就像那些能把你融化的诗句，直到地老天荒，沧海桑田……

“哦哦哦，都来，都来——”突然，天地间响起一声呼哨，是一位从小木屋里走出来的汉子，在唤“孩儿们”回家。顷刻间，山也摇了，地也动了，只见林木间腾起一道道金光，峰峰岭岭刮起一阵阵旋风——金丝猴群来了！

好几十只，或许有上百只金丝猴，迅即从数百丈的山头上“飞”下来，踩着树梢，踏着草叶，倏忽之间，就纷纷来到我们面前，其速度之快，堪比高速列车！感觉就像是飞来了一块神话中的阿拉伯飞毯，

宋　佚名　《猿猴摘果图》

在眼前绿油油的草地上“唰”地打开，定睛再看时，大大小小的金毛猴子，坐满了整片草地。

最大者，壮硕的公猴王，好大的个子，站起来能达到成人的胸部，粗腰胖腹，胳膊、大腿都滚滚圆的，比我的还粗好多。它端坐在草地上，俯视着群猴，俨然一头大象王，除了威严，还是威严。其他猴子，都比他小了好几圈，活泼泼地走动，捡拾草籽、花叶什么的，不停地往嘴里塞。还有儿童猴顽皮地追逐打闹，跟我们人类“七八岁，狗也嫌”的顽童有得一拼。婴儿猴则牢牢地粘在母猴的怀里，任妈妈怎么在树林间蹿上跳下也掉不下来，真是太可爱了！

神农架金丝猴是川金丝猴的一个独立亚种，自有它们独特的族规：以家庭为一个单元，由一只壮硕的公猴王者为家长，率领众多雌猴和小猴过日子。据说“娶妻纳妾”最多的一只公猴王，竟然有多达 18 只母猴“伴驾”。在家庭之上，它们也讲究“村”居，即多个家庭组成一个大群，“村”居在一片区域里。眼前这几十上百只金丝猴，就是一个移动的村庄。

我拿着一小把花生米，高度兴奋地、受宠若惊地，同时又战战兢兢地、小心翼翼地走进它们的队伍，轻轻蹲下身，与金丝猴亲密接触。它们倒一点儿也不反感，兀自大大方方地悠哉，游哉，吃喝哉，嬉戏哉。

有一只成年猴迈着鹅步走了过来。它轻轻地掰开我半握着的拳头，看看里面有没有什么好吃的。它的小手是那么柔软，最初触到我手的一刹那，令我浑身一激灵，仿若有一股温暖的电流从心头滑过。它看到了我手中的花生米，并没显出狂喜，而是平静地抓起来，放进嘴里嚼起来，像喝个下午茶，享受完了，就理所当然地离开了，也没说声谢谢。正当我有点儿失落时，另一只猴儿又来了。当发现我手里空无一物时，它没表现出一丁点儿的失望、不满或气恼，只是轻轻放开我的手，转身去草地上捡拾草籽了。第三只又过来了，同样如此。每一只都淡定得像见过大世面的富家子弟。

同伴们纷纷举起手机，争抢着与它们合照，猴儿们习惯性地瞅也不瞅，只顾忙活着自己的事情，于是便出现了这样一幕美景：绿茸茸的茅草地，蓝莹莹的天空，一大群披着金丝衣的猴子在欢快地觅食、玩耍，中间夹杂着几个皱皱巴巴的人，极力巴结着身边的“山大王”。这情景我只经历过两次，另一次是某年在林肯纪念堂前，时值傍晚，一队一字型大雁忽然自天边飞来，优雅地落在一小片草地上，走动了几步活动活动筋骨，就收起翅膀，卧下休憩了。人们就在它们身边，大人在走动聊天，孩子们在追逐打闹，大雁兀自把头埋入翅膀，安心睡去，毫无戒备之心。我蹑手蹑脚地走到它们中间，发现这些褐色的大雁，身躯竟然那么大，每只都有半人高，像一只只小羊似的，让人无法与天空中那寸长的“一条线”对应起来……

走进动物世界，何其难，又何其容易！

我想再要几粒花生米，但他不给了，说猴子吃多了会腹泻。他是谁？小木屋汉子，肤色黝黑，个子不高，五十多岁年纪，壮壮实实的一个“山民”。嗨，我当时犯的一个大错误，就是真把他当作一个普通的山民了，还跟他说：“那么问题来了——只有猴王幸福满满，其余公猴怎么办呢？”

他大概觉得我这话太外行，没吭声。

是啊，神农架的金丝猴群真够霸气的，其“霸王条款”就是这么规定的：公猴长到成年，就会被猴王逐出家庭，免得猴王的地位受到挑战。每个家庭被逐出的公猴，孤苦伶仃地在大山里艰难生存。不得已，它们只能抱团取暖，组成一个雄性大家庭。等季节的风霜雨雪帮它们练就一身强健的筋骨，等岁月的曲折坎坷为它们披上一层坚硬的铠甲，它们中的最出类拔萃者就会跳出去向猴王挑战，如果战胜猴王便取而代之。世世代代，神农架的金丝猴就是这么生存下来的。

那么问题又来了：猴王只有一个，它的雄健的确能保证小猴的质量，让后代不至于越来越弱化，但它不能保证猴群数量的增长啊，也不能保证其他公猴一辈子都不生二心。它们不会啸聚山林，打家劫舍，纷纷抢个“民女”做自己的“压寨夫人”吗？从理论上讲是存在这种可能性的，所以公猴之间的战争时有发生，而有战争就会有牺牲。

如此下来，年深日久，金丝猴的数量很难保证，减少很易，增长太难。外界生存环境的巨大改变，也使金丝猴面临巨大危险。曾经为了满足建设需要，大规模开山伐木，神农架原始森林遭到严重破坏。等人们意识到需要回头来植绿护绿时，金丝猴的数量已经锐降到令人哭泣的程度。当时的金丝猴只剩下几百只了，濒临灭绝，遂被宣布为国家一级重点保护野生动物。

我在神农架林区林业历史馆看到一张张惊心动魄

的图片：一根根澡盆般、水缸般、脸盆般、水桶般、饭碗般、茶杯般粗细的大树、中树、小树，被砍倒、被断枝，被剥皮，被切割成长长的树段，被运往大山外面。本来绿油油的生机勃勃的大山，被划破了胸膛，被磨破了皮肤，露出了由大大小小砂石覆盖的山道，那都是山山岭岭流出的血啊！于是，一座山又一座山，一道岭又一道岭，没过几个春夏秋冬，没有几回花开花落，用几十万年时光养育出来的神农架，秃了……

幸亏改革开放的春风吹来了，大喇叭里传来了“保绿，植绿，护绿，养绿”的倡议。最让人意想不到的是神农架林区做出了一个惊人决定：首次开展我国川金丝猴人工补食实验。神农架林区从数百名员工中，擢拔出八位最骁勇的勇士。小伙子们都二十啷当岁，个个头发漆黑如乌鸟，眼睛明亮赛山溪，体壮、精明、勇毅、果敢、胆大、心细，有责任心和事业心，不怕困难不怕牺牲。要派他们去做什么呢？

中国第一次跟踪金丝猴群，不，是追踪金丝猴群！观察、监测、记录猴群的活动情况，试试能否跟它们亲近，想方设法帮助它们“繁荣富强”起来。

责无旁贷，筚路蓝缕，“八勇士”肩负着无限荣光的使命，怀揣着人们的殷切期望，决绝地上路了。

他们真行啊，像那些浑身闪着金光的“山大王”一样，逢山跨山，遇水跃水，临渊越渊！只是我不知，当“山大王”们“飞”过林林木木的树梢时，“八勇士”是怎么跟着“飞”过去的？难道他们个个都练出了武林神话中飞天遁地的功夫？当时神农架的深山老岭里，根本没有路哇，只有遍地的毒蛇、毒蝎等毒虫，还时常会冷不丁蹿出黑熊、野猪、花豹、狼，甚至传说中的华南虎……最难以想象的还是速度。猴宝们的速度当然是疾如风，快如电，眨眼之间就到了对面的山头，它们可是大山的精灵。可是人类怎么追？在平地上都追不上，用眼睛追都追不上，何况用沉重的双腿？

我实在实在想象不出当时的情形来！

不过中国人爱说一句话：“没有做不到，只有想不到。”信然！金丝猴虽是大山的精灵，“八勇士”

清　程璋　《群猴图轴》

更是神农架的神。当太阳神东君的驾车“轰隆隆”驶过 1800 多天之后，当神农架山山岭岭的大树、中树、小树又长胖了 5 圈之后，“八勇士”终于神奇地成功了——他们带回了两个金丝猴群！这是他们创造的奇迹。到我去神农架这天为止，全世界只有神农架的这两个金丝猴群，接受了人类给予它们的食物和方方面面的照顾，接纳了人类，信赖了人类，亲近了人类，与人类建立起了共融共生的亲密关系……

无可争议的是，神农架金丝猴是世界上最漂亮、最高贵的猴子。你看，它们圆圆的头上，顶着一大簇“T”字型金丝毛发，简直就是一顶高贵的王冠。下面连接着两个乒乓球般大小的淡蓝色毛圈，里面镶嵌着两只黑玛瑙似的眼睛，还有两只黑宝石般的鼻孔。嘴被围在一个雪白毛色的圆圈圈里，闭上时呈现出一条美丽的红线。两腮上各有一片褐色的金毛，逐步向脖子下面浸润过去。它们胸膛上的毛是白色的短毛，一直铺到两只壮硕的胳膊内侧。胳膊外侧则有一条很宽的深棕色长毛，不仅让它们的毛色更加丰富多彩，更是一件对外宣示“我很厉害”的铠甲，警告其他动物不要来侵犯它们。金丝猴性情温柔，动作优雅，非常懂得自爱。它们把自己收拾得干干净净的，举手投足都很有分寸，好像在用“绅士”或“淑女”的高标准严格要求着自己。它们不偷不抢不偷奸耍滑，只认认真真靠自己的勤劳吃饭。它们不张扬不自夸不炫耀，只低调地做好自己。它们不欺瞒不扯谎不撒泼耍赖，不把族群搅得一团糟。……

我真心爱上了这些可爱的神农架精灵。一想到它们柔软的小手轻轻掰开我的手指，那温柔的感觉如温润的泉水，在我的心头漾开层层暖意。爱屋及乌，我甚至从此一改对猴子的偏见，像爱宠物猫狗一样，恨不能跟它们亲近，成为它们信赖的亲人。

“天地与我并生，而万物与我为一。”

“两个黄鹂鸣翠柳，一行白鹭上青天。”

…………

天上的流云开始泛红了。神农架的火烧云好瑰丽，熊熊燃烧的彤云红光闪闪，亮得刺眼，而且像大群金丝猴宝们一样疾速腾跃着，飞转着，如翻江倒海一般，不一会儿就把整个儿西天烧成了一片火海。该下山了。

小木屋汉子发出一声呼哨，猴儿们像听到了集合号，一下子都停止了活动，沉静下来，望向我们。大山忽然寂静了，山山岭岭的林木也都停止了歌吟，世界一下子都跟着柔软了。顷刻，只听林木间刮起一阵大风，只见树梢上金光闪闪，金丝猴们都“飞”走了。我们呆在草地上，揉揉眼睛，像做了一场金色的梦……

那只名字叫“大胆儿”的猴儿也走了。它相当于我们人类“第一个吃螃蟹的人”，第一个接受了“八勇士”赠予的食物，那是用茅草包裹做了伪装的食物。尽管有点儿害怕，但“大胆儿”还是勇敢地咬了第一口。其他猴宝看到了，踟蹰着蹭到它跟前，用怀疑的目光审视着，最后终于忍不住，犹犹豫豫地问它：“好吃吗？”看到它得意地点着头，惬意享受着美味的样子，猴儿们终于忍不住了，一哄而上，都去捡了吃起来。就这样，它们慢慢接受了“八勇士”送去的食物，渐渐信赖他们，也大着胆子跟着他们去游玩——万物都是有灵性的，你爱不爱对方，对方信任不信任你，其实看看对方的眼睛，一切都了然。

这太重要了！金丝猴为了生存备尝艰难，尤其是到了冬天，天地萧瑟，大山休眠，没有了食物，猴儿们冻饿而死的概率大增。20世纪60年代，神农架的金丝猴只剩下四五百只，眼看就要面临灭顶之灾。现在经过几十年的精心呵护，在人工干预下，金丝猴的数量逐年递增，2023年我去的时候已达到1400多只。用小木屋汉子的话说："这是几代林业保护人的付出才换来的数字，只不过这增速还是太慢了。"所以到现在，金丝猴还是濒危物种。现存于神农架及其周边区域的金丝猴种群是湖北省唯一分布、数量最少、最濒危的一个典型的孤立"小种群"。

唉，可怜的猴儿们，又何其有幸的猴宝们！

小木屋汉子的话在我心里刮起了大风，也再度让我追悔莫及，并感到内心不安——这就是我前面说过的自己犯的那个错误：告别神农架山山岭岭的归途中，我才得知，那小木屋的貌似山民的汉子，就是当年的"八勇士"之一。

虽已是初秋，大山依然在奋力高举着满山的浓绿，或者也可以说，满山的浓绿高举着绵延起伏的山山岭岭。我是第一次来到神农架。来之前做功课，摊开中国地图，我惊讶地发现，从地理学角度看，神农架的地域范围竟如此广阔。全中国，应该很少有人不知道神农架，这可能与它神秘的“野人”传说有关。我对“野人”之说不以为然，即使他们真的存在，我们也不应该打扰他们，为什么不能让他们平平静静地过自己的日子呢？岁月静好，众生平等，高天厚土，万物有福。神农架最让我感动并深感震撼的，还是“八勇士”。

那朴素的小木屋虽未悬挂金碧辉煌的牌子，却是令人敬仰的“神农架国家公园科学研究院大龙潭金丝猴野外研究基地”的办公场所。那被我错认为山民的汉子，名叫黄天鹏。几十年山风呼啸，大雪纷飞，他一直在基地坚守着，如今早已头发花白，但仍不肯下山，坚持指导后来者。小木屋内的人做的主要工作，是全天候跟踪监测此处的金丝猴种群，收集基础数据，并配合科研机构、高等院校开展相关课题研究。基地常年驻守着中国科学院大学、中南林业科技大学的硕士研究生和博士研究生团队，并通过互联网搭建了面向全球开放的科研科普展示平台，与各国科学家开展协作研究。

难怪黄天鹏一声呼哨，猴宝们就都来了。几十年呕心沥血的“老父亲”，几十载相依为命的“儿孙情”，堪比“慈母手中线，游子身上衣。临行密密缝，意恐迟迟归。谁言寸草心，报得三春晖”中的慈母和深沉的情感。

其他七勇士的情况是：杨敬龙、杨敬文、田思根已退休；刘强、余辉亮、姚辉调到院机关工作，其中余辉亮、姚辉升任副院长；吴锋调到神农架国家公园管理局工作。因为长期在高海拔地区工作，当年这八位全林区最精壮的小伙子，如今健康都受到损害，患有心血管疾病、风湿病等，不止一人做了心脏支架等手术。我一遍一遍地想：他们在我心目中都是英雄，如果当时我知道，我一定要向他们三鞠躬。

就冲这一点，我还要再去“绿宝王国”神农架，与山山岭岭的树木一起，与清清澈澈的溪水一起，与洁洁净净的空气一起，与优哉游哉的动植物一起，与可爱的宝贝金丝猴一起，庄严地补上这个大礼。

同时，我吁请所有到神农架的人们，向“八勇士”致敬，向所有坚守在基层岗位上的工作人员，致礼，致敬！

2023 年 9 月 21 日初稿，2023 年 9 月 23 日定稿

百牛渡江的现代神话

为什么会对蓬安心心念念？答案藏在那群水牛身上。

我们到达太阳岛和月亮岛时，已经天光大亮。绵密的雨丝像网一样铺洒在宽阔的嘉陵江面上，捕捉着躲藏在朵朵涟漪中的故事和传说——这些故事和传说，都跟那群水牛有关。

此刻，数百头水牛早已集结在江右岸的一道栅栏门后面，正不耐烦地踏着蹄子，周身弥漫着冲锋前的躁动。但它们都把自己的声带控制得很好，没有吼叫声传来，让人联想到即将出征的凯撒大军，对，就是那么沉默，却威风凛凛，具有骇人的震慑力。

一声呼哨划过晴空，栅栏门訇然中开。顷刻间，水牛大军腾起四蹄，踏出一道雄阔的狼烟，洪流一样地冲进了大江之中。牛牛争先恐后，头头奋勇向前，就像百米冲刺的选手，对准百米开外的月亮岛，以最短的距离、最快的速度飞奔过去！

急骤的雨线用施展魔术的手一抹，露在水面上的牛头和脊背，显示出炫目的古铜色，宛如一尊尊远古的青铜雕像，在白色的水浪中奔腾。身边的一位女士突发惊人之语：“水中的水牛酷似鳄鱼！”而我，联想到的是火车——这一长队浩浩荡荡、劈波斩浪的水牛群，像极了一列飞驰的列车。

这百牛渡江，是远近闻名的蓬安一景。

蓬安县，隶属四川省南充市。粗壮的嘉陵江滚滚滔滔，穿县而过，把全县滋养得青山葱茏，鸟语花香，五谷丰登。过去，蓬安县交通不便，当地人自给自足地过着悠闲的田园生活。蓬安的宁静、恬然、淳朴与简单，连同她的楠木、香樟、慈竹、银杏、红豆等18种珍稀树种，以及“中国锦橙第一县”“南方制种大县”等美名，还有文庙、武庙、城隍庙、玉环书院、相如故宅、龙神祠等古建筑群，司马相如抚琴台、洗笔池、舞剑台、卓剑水、长卿祠、故宅等名胜古迹，县城内的古树、古街、古城墙、古衙门等遗址全都珍贵地保存下来了。

至今铭记在蓬安人心中的，还有使他们骄傲的两位名人——司马相如和周敦颐。我个人认为，或许是交通的不便，使蓬安留住了司马相如和卓文君，使他俩建琴台而居，抚琴赏月，当垆卖酒，把酒为赋，留下了千古的爱情佳话；也使当年路过这里的周敦颐大师放弃了官场的浮华和市井的喧嚣，驻足讲学、著书，并酝酿了千古名篇《爱莲说》：“予独爱莲之出淤泥而不染，濯清涟而不妖，中通外直，

近现代　徐悲鸿　《水牛》

不蔓不枝，香远益清，亭亭静植，可远观而不可亵玩焉……”

交通的不便，依我们今人的观点看，或许是一大缺点，是阻碍蓬安发展的大问题，而以古人充满智慧的眼光看，则留住了蓬安的安宁和幸福，是成就了蓬安的福祉。

快与慢，需要辩证地去看。

慢，不是一个贬义词。有时，慢有慢的道理。这不，视野中，水牛列车的速度慢了下来，原来是德高望重的头牛，看到刚才冲到最前面的几头小牛游得有点吃力而放慢了速度。水牛家族也有长幼尊卑的秩序。整支队伍是由头牛带领的，任何成牛都不能僭越。可是偏偏有顽皮的小家伙逞能，抢先游在最前面以显示自己已经到了“弱冠”之年。头牛对它们青春的鲁莽，采取了宠爱和宽容的态度，同时又不失警惕地帮它们注意着各种危险。这种仁爱的注视也存在于队尾几头公牛的眼睛中。它们担负着殿后的任务，始终从容不迫地摆动着自己的身体，沉稳地保持着自己“收容”

队长、队副的节奏。

动物们有自己的肢体语言，这是我早就知道的。可是我没想到，只要我们认真地观察它们，这种语言其实很容易就能看懂。

说了半天，我还没讲解这百牛渡江的缘由：原来，太阳岛和月亮岛是嘉陵江（蓬安段）中心的两个小洲——“关关雎鸠，在河之洲”的洲，“天边树若荠，江畔洲如月”的洲。洲，在第7版《现代汉语词典》中的一个意思是“河流中由泥沙淤积而成的陆地”，也就是大河之中的小岛屿。太阳岛和月亮岛是江心中的两座岛屿。太阳岛，较大，圆形，是水鸟们的家乡。月亮岛，较小，呈现出一弯新月般漂亮的形状，两个月角之间的长度有两千多米。两座岛上均一览无余，全部是深及脚踝的绿草，是水牛们最心仪的“大食堂”。千百年来，蓬安居民由远古先民换成司马相如、卓文君等人，又换成周敦颐等人，复又换成今天的人们；而蓬安的水牛们，也由远古水牛而经过先秦、两汉、魏晋南北朝、隋唐、宋元、明清，换成了21世纪的中华人民共和国水牛。几千年倏忽过

宋　李唐　《百牛图》(局部)

去，祖先的基因未变，祖上的生活习性固守：只要是在农闲季节，家家户户的水牛就都黎明即起，自个儿渡江到太阳岛或月亮岛上去吃草、休息、养膘，待夕阳西下时再自行泅水回来，各自归家……

这种情形，在过去的几千年里是常态，是真情实感的现实主义散文，司空见惯，但在今天，却一天天变成了稀罕的浪漫主义诗歌。城里人和越来越多即将由乡而城的准城里人，留恋于百牛过江的自然美，纷纷赶大早来看奇景。水牛们当然尚不明了人类这种思想感情的变化，更想不明白这会不会是一曲“无可奈何花落去”的挽歌。

雨丝歇去，嫩白色的太阳露出微笑，古铜色的水牛列车渐渐驶达终点。头牛最先傲然登岛，后面的母牛、小牛、公牛们轰隆隆地次第登上月亮岛。它们欢欣鼓舞地向草甸深处走去，好事的我们也跟了上去。

密密匝匝的绿草唱着千古的神秘歌谣，曳着风的衣襟摇摆着，起伏着。每一片草叶上都高举着一颗晶莹的露珠，使人感觉来到了一块大珍珠毯上。负氧离子豪情万丈地放射着华贵的香气，落在我们的头发上、脸颊上、衣服上，不一会儿就香透了周身内外——哦，梦幻的世外桃源，幸福的农业文明！

返璞归真。连我这个从小在城市长大、青年时代在工厂和大学度过的人，今天竟也急切地向往着乡村的幸福——我说不清这感情是怎么转变的，反正不仅仅是城市钢筋水泥桎梏的结果，更深层的原因，还是出于对明天的世界、对明天世界干枯化的担忧！

前车之鉴。今天，正在腾飞中的蓬安，刚好可以借低碳的东风，吸取前人的教训，总结经验，大踏步走出一条像水牛列车一样行驶的直线来。

祝福后来者居上。

2010年7月4日初稿，2010年7月6日定稿

北大山的珍宝

多数女人怕虫子，在一个寂静的场合，哪怕是最庄严的会场，你突然听到一个女人撕心裂肺的一声尖叫，得，多数是被不请自来的虫子吓着了。

我那天不怕地不怕的女儿，高二时去学农前，数十次忧心忡忡地跟我说：“要是让我们去收老玉米，我可就完了，那些虫子还不把我吓死！”

我竭力给她打气：“玉米虫子有什么可怕的，又不咬人。”

“看着恶心！”女儿稚气的脸上，还真蒙着一层厚厚的名叫忧虑的乌云。

可是，来到北大山森林公园的第一天，我的心弦，竟奇妙地被那些生机勃勃的虫子们拨动了。

北大山森林公园坐落在河北承德县北大山林场境内，进到那里，就进入了真实的触手可摸的森林地带。杨树、杉树、松树、柏树、枫树、桦树、栗树、榛树、山楂树、苹果树、梨树，还有叫不上名字的种种树，成片成片地、浓荫蔽日地、茁壮无比地、矜持不苟地、长年累月地站立在东山上、西山上、南山上、北山上，周遭的小岭、丘陵、高山上，神态自若地俯视着你——清澄的空气中，你立时感受到一种吞吐天地亘古之息的壮阔，还有那么一点点不安。是的，面对这么纯净的大自然，你叩问自己是否也拥有这种纯净，是否也会稍稍不安。

没等你回过神来，鹅黄色的光幔像大海一样波动起来，一群五彩缤纷的漂亮鸟儿，高傲地飞了过来，盘旋了几圈，就纷纷登上那绿荫搭成的大舞台，开始高一声低一声地演唱了。啼音或婉转如丝竹，或高亢似裂帛，或悠扬比洞箫，它们演唱得很动情，很投入，也很真实，一点儿也不矫揉造作，不作秀，不表演，不炒作，不浮躁，而只是自然地歌唱，像席琳·迪翁一样从容，同时又是那么高贵，那么自信，

明　陈洪绶　《花卉草虫扇面》

根本不在乎别人是否在听，在鼓掌。

鸟儿们是大森林的儿女，只有大森林它老人家的颔首才是重要的，哪儿需要我们人类多嘴多舌！

鸟儿们的歌唱拉开了森林交响曲的序幕。在充满激情的歌声中，花儿、草儿、叶儿，还有风儿，一起扭动着身躯，跳起各色迷人的舞蹈。这些大自然的精灵，在这未被人类践踏的北大山森林公园里，舞得是这样随心所欲、满心欢喜！

虫子们呢，因其渺小和朴素，竟被忽视了。直到掌灯时分，我们才算看见了虫子们的存在——它们成群结队地来造访我们居住的小木屋了。

小木屋是我们对北大山森林宾馆的昵称。它们以白色松树皮贴面，独立成间，高高低低地错落在一个开满鲜花的丘陵上。白天看，那一个个哥特式的造型，简直像极了一朵朵神气、美丽的大蘑菇；到了晚上，颇具宫廷风格的细花木格窗子里，透射出明亮无比的灯光，在黢黑一片的寂静的大山中，无疑就是仙女手上召唤幸福的魔灯了。

于是，客人们就一批一批到来了。

一只褐色的大蜘蛛，足有西藏的宝石戒指那么大，从容不迫地来到我们中间。其时，我们一大伙文友正谈得畅快。在蜘蛛家族中，不，在整个蛛形纲世界里，这只蜘蛛也肯定是一位德高望重的老贵族。只见它一边拿着螃蟹的架势，踱着慢悠悠的步子，旁若无人地走过来，一边时不时地举起它那文明棍一样的大前爪，对着世界训诫一番。当我们重新开始谈话，忽略了它的存在时，它竟突然用那根“文明棍”重重击地，刚才还瘪瘪的肚子，转瞬间就圆鼓鼓的了！

我上大学时，每门课的老师都谆谆教导我们说：“要耐得住寂寞。”当时不是特别理解这句话，只因为他们一再重复就记住了，而今越品尝人生百态，就越觉得此实乃金玉良言！就说你吧，大蜘蛛，好好当你的贵族，安安静静做你想做的事，消消停停过你的日子，幸幸福福保持你的好心境，甜甜蜜蜜和你的心上人厮守，该织网织网，该生儿育女生儿育女，想做学问或者游山玩水都可以率性而为，何必非跟人较着劲儿争个高下呢？就算你比别人爬得高了一寸，又怎么样？比起你所承受的那么多忧虑、那么深重的屈辱，值吗？再说，高处不胜寒，一阵小风就能把你掀翻了，或者我们大家今天心情不似如此好，谁一个不小心就能把你碾碎了，你还能争个什么？！

一只浅白色的小飞蛾娉娉婷婷地飞来，旁若无人地穿过高谈阔论的一屋子人，落在我雪白的床单上。它点了一下头表示喜欢，就收起翅膀，悠然自在地栖息下来。跟漂亮的花蝴蝶比，小飞蛾个子矮，翅膀小，也没有艳丽的色彩，所以人们从来不把它们放在眼里，更没人关心过它们的幸福、痛苦以及爱恨情仇。但小飞蛾们自己不在乎，每天快快乐乐地飞着，舞着，繁衍生息，一代又一代。你说这叫“傻人有傻福”也好，叫“懂得忘却”也好，反正对世上的很多事情，别那么清楚、计较，更不要在乎别人的说三道四，潇潇洒洒活出自我的风采来，也不枉来这世上走了一遭！

又爬过来一只不知名的小草虫，淡绿色的，有着一对长长的薄翼，就像公主的霓裳。显然，它也不知道什么叫作害怕，只顾着向前冲。看来北大山确实是生灵们的福地。据说山上还有鹿、兔子、狍子、野鸡、獾、松鼠、土拨鼠等，甚至某年还出现过熊和豹子。没有人类侵扰它们，这些小生命还香香甜甜地享受着农业文明时代的宁静，生活状态相对稳定，彼此间的关系也还相当和谐，和平共处远远大于相互敌对，所以它们都努力地繁衍生息。这里的动物普遍长得比较大，对人类不设防。

夜色越来越深，大山越来越静。

“仙女手上的魔灯”光芒四射，招来了越来越多的昆虫。这些可爱的小兄弟姐妹们，像急雨一样地在玻璃窗上叫着、敲着、撞着，不屈不挠，一定要进来，即使头破血流也在所不惜。

人人都向往更加美好的另一个世界，虫虫亦然。

然而，我们这里，真是它们的桃花源吗？

在我们过去的概念里，是把昆虫分成益虫、害虫两大阵营的，而且这两大阵营阵线分明，丝毫不可以调和。

益虫要保护，害虫要消灭，没有疑义。但这里面有两个问题：

一是益虫、害虫如何界定？比如过去一声号令“除四害”，麻雀就被误判为害虫，蒙冤几十年，且这恶名流毒甚广，直到如今还在许多人心中根深蒂固。

二是除了这两大阵营之外，确实还有第三种势力存在。而且，它们还是一个非常庞大的群体，比如我们熟知的蟋蟀、螳螂、萤火虫、豆娘、草蛉、蚁狮等；还有不熟悉的大量甲虫，如虎甲虫、象鼻虫、金龟甲等。它们通常以昆虫或植物为食，不对人类构成直接危害——不好意思，这是用我们“大人类中心主义”的霸道眼光来看的。如果从其他角度看，比如

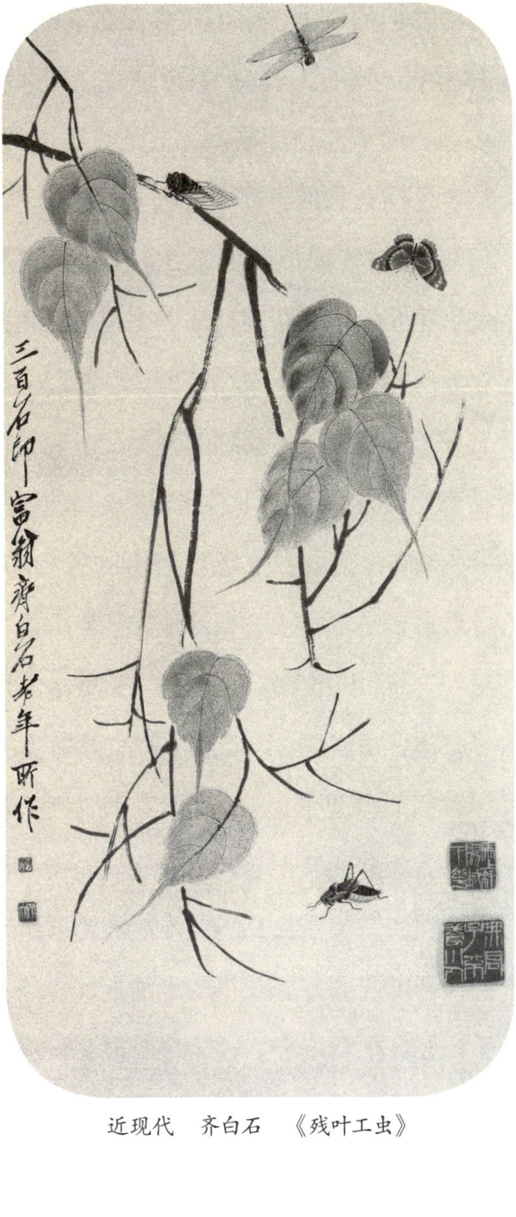

近现代　齐白石　《残叶工虫》

你去听听动物们的意见，它们准会很激动地说："昆虫是自然界很重要的一部分呀。它们为花朵授粉，又是很多动物的重要食物来源，我们可离不开昆虫。你们人类要是伤害它们，一定会遭到报复的！"

这可不是危言耸听，科学家证实了它们没有说谎：昆虫早在5亿年前就在地球上出现了，几乎各种栖息地，如从寒冷的高山到热带雨林，都可以看到它们活跃的身影。昆虫还是动物中种类最多、数量最大的一个类群，目前已至少发现了100万个不同品种，包括甲虫、蝴蝶、蚂蚁和蜜蜂等。啊呀呀,100万呀！我可不得不自私一下了——幸亏地球还够大，又幸亏昆虫都够小，所以还有人类的生存空间，要是昆虫都跟狮子、老虎那么大个儿，或者都像猫狗、鸡鸭那么大，我们人类的生存空间得大大缩小吧！

由此，我想起一个严重问题：我们人类可得及早觉醒，不能随便欺负昆虫！不但不能随便欺负，还得关心它们，帮助它们好好获得柴米油盐酱醋茶，好好娶妻生子，好好生活下去。这是一荣俱荣，一损俱损的事，要是它们万众一心和我们作对，哪怕只是消极怠工，我们也就没好日子过了。

我还想到一个问题：对一切生命的尊重问题。生命是神圣的，大自然是和谐的，任何人都没有资格去践踏别的生命。有一位名叫史怀哲的智者早就告诉我们："有思想的人都有一种驱动力，把对生命的尊重给予每个愿意活着的生命，就像给予自己一样……"他说得真好，好在标明了一种境界的高度，这种境界完全超越了功利主义范畴，有一块洁净的基石——仁爱。

今后的世界里，对于仁爱的需求，不会越来越少，只会越来越多。

当然，必须赘上一句：对于危害别的生命的害虫，还有坏人，除恶务尽！

有一件奇怪的事情，我至今也没弄明白。

说来，那天聊得太高兴了，夜色已深，我洗了一个舒筋活血的热水澡，洗去了多日的风尘；在洁白的床单上躺着，却久久不能入眠。我忽然想起周围的小生灵们，没有了温暖的灯光，没有了人类的参与，它们是更快乐自在呢，还是郁郁寡欢？

我一骨碌爬起来，坐在床上，谛听。

奇怪的是，虫儿无言，草木无言，大山无言，世界无言。

地球就像睡着了一样，连个呼噜声也没有。周遭静得太威严了，只能听见自己的心脏“扑通，扑通”地跳着。虫子们呢？它们为什么不歌唱？难道也睡着了？不对呀！虫子不是应该一直歌唱到天明吗？有诗为证：“雨中山果落，灯下草虫鸣。”（王维《秋夜独坐》）“寂寞小桥和梦过，稻田深处草虫鸣。”（陈与义《早行》）为什么北大山的虫子们不歌唱呢？

是因为这里没有干扰，它们用不着昼伏夜出，还是因为我们是稀客，它们怕吵了我们的香眠？

百思不得其解……

第二天早餐时，我急急忙忙问主人，竟把他们都问住了，一个个茫然对曰：“是吗？”

回家后翻书，没找到答案，却看到了一段诗一样美丽的文字：

蝼蛄生活在用自己的铲状前肢掘出来的地穴中。在繁殖季节里，雄虫坐在地穴的入口处唱歌。地穴入口的形状很特别，能使歌声传到1.6公里以外。雌虫把卵产在地下的巢穴里，并看护至孵化为止。

天哪！蝼蛄以唱歌来迎接小宝宝的出世，世界上竟然还有这么浪漫的虫子。

比人不差？

比人更强？

2001年10月1日

“80后”蜜蜂宣言

嗡嗡，我们是“80后”蜜蜂。

这也就是说，我们是崭新一代蜂类。

我们的宣言是：“抛弃传统重负，重建世界观和社会秩序。在拯救自己的同时，也要拯救人类，拯救地球，拯救全体生物！”

一

嗡嗡，千百年来，由于我们无私的奉献精神，各类人群都对蜜蜂家族给予了极其崇高的评价。简直是蜜蜂所到之处，人们无不为它们歌功颂德，有时甚至达到顶礼膜拜的程度。例如：

人们常说“勤劳的蜜蜂”，这一点也不夸张。在晴朗的天气里，蜜蜂总是在野外忙碌着。一只蜜蜂大约要采集1000朵花，才能装满自己的蜜囊。而蜜囊装满后，它会马上回家清空蜜囊，又立即出发去采集新的花粉。就这样，一只小小的蜜蜂每天要飞进飞出十多次，从早忙到晚，一刻也不停。

要酿造1000克蜂蜜，需要约60000只蜜蜂采集整整一天。蜜蜂是不知疲倦的“月下老人”，它们的授粉，能大幅度提高多种农作物的产量和品质，保障人类的食物来源。我们只看见了蜂蜜等蜂产品的价值，却愚笨地忽视了一个事实：蜜蜂为农作物授粉产生的价值，竟然是蜂产品本身价值的100多倍。

蜜蜂用刺针蜇人是为了保护蜂群的利益，却不会给自身带来任何好处。一旦用刺针蜇人以保护蜂群，蜜蜂就会失去刺针，身

近现代　齐白石　《花果蜜蜂》

体内部会受到严重伤害，不久就会死去。可以说，蜜蜂是为了它的集体而牺牲自己生命的。

蜜蜂是一种过着群体生活的社会性昆虫。它们勤劳、无私、奉献、协作，为人类提供了一个崇高的精神榜样。中华民族历来十分推崇“蜜蜂精神”。在我们精神文明宝库的建设中，小小蜜蜂的贡献可以说是一个重要的组成部分。

人们给蜜蜂归纳了五种精神：（1）勤劳精神。每天迎着朝霞出，披着余晖归，既敬业又专业，博采百花之蜜，风雨无阻。（2）团队精神。蜂群内部机构精简，分工明确，协作高效，文明有序。蜜蜂一旦发现花朵，就呼朋引伴，授粉采蜜，而一旦个体遭受攻击，则相拥而至，上下齐心，充分发挥集体的智慧和力量，战胜对方。（3）奉献精神。所有蜜蜂餐风饮露，采花酿蜜，以苦为乐，乐于奉献，不计个体得失；在保护蜂群时，毫不犹豫地拔出蜂针，哪怕行将结束自己的生命也不退缩。（4）求实精神。与花为伴，与花为善，不厌其烦，精益求精，认真采撷每一朵花，精选能酿造出好蜜的新鲜花粉；甘作月下老，使花开满树，硕果满枝。（5）自律精神。洁身自好，时刻保持警惕，蜂箱里一旦出现了不洁之物，马上清理出去，对自己高标准严要求，决不放松。

…………

二

嗡嗡，谁不喜欢听动听的好话呢？谁又能在整日的赞美声中，完完全全把持住自己柔软的内心呢？我们很多蜂民也在赞美声中迷失了自我。

于是，在铺天盖地的歌颂声中，我们全体蜂民毫无办法，只有头脑持续发热，更加拼命地工作——采蜜、采粉、采胶、采水、酿蜜、筑巢、哺育幼虫、饲喂蜂王……唉，我们的平均寿命只有30天左右，真是“三十功名尘与土”！还要不停地迁徙、迁徙、迁徙，持续不断地找寻新的蜜源地。啊，永远永远的“八千里路云和月”！一年三百六十五天，蜜蜂就日日这么工作、工作、工作，兢兢业业，呕心沥血，直至累倒，累得献出自己宝贵的生命！最终，被沉默的蜂群竖起一块又一块“鞠躬尽瘁，死而后已”“重如泰山，光耀千秋”的牌匾，以安慰我们不甘的灵魂。

而这一切，换来了更多的赞美，也换去了我们更多的热血和生命——为了维护并发扬光大蜜蜂家族的优秀传统，我们的父母、爷爷奶奶、太爷爷太奶奶，甚至上溯至几十代几百代几千代祖先，我们大公无私的蜜蜂家族，就是这样以“牺牲我一个，成全全物种”为宗旨，一代代前赴后继，筑起了我们共荣而伟大的精神长城！

年年代代，在世界上被称为“蜜蜂”的大家族，皆以这样悲壮的奉献精神为骄傲，为真理，为我们族群的立身之本。

中国伟大的作家巴金曾说过：“每个人应该遵守生之法则，把个人的命运联系在民族的命运上，将个人的生存放在群体的生存里。”

他说得真好！我们就是以这样的蜂生目标为基准，来处理我们同类之间、我们与人类之间，乃至我们与全体生物之间、我们与全世界之间的关系的。

记不清是伊索还是克雷洛夫或是哪位作家曾经有一则特别经典的童话：

一只小蜜蜂贪玩，不愿好好工作，受到了长辈们的批评，一赌气就离开了蜜蜂家族，独自闯世界去了。它遇到了风霜雨雪的考验，差点儿被折断了孱弱的翅膀。它遇到了猫的骚扰、狗的攻击、熊的偷袭，差点儿被咬断了脆弱的头颅。它又遭遇了鸡的追逐、鸭的扑赶、鹅的打压，差点儿被扯断了纤细的双腿。它还受到人类的迫害：男孩子们捉住它，并把它关在小瓶子里；女孩子们用草棍戳它的身躯，差点儿弄瞎它的眼睛……最后，这一连串生生死死的苦难使小蜜蜂幡然悔悟，重新回到了自己的蜂群里，回到了自己的工作岗位，痛并快乐地工作，从而找到了生命的真谛……

据说，这是蜜蜂家族教育孩子的宝典。所有蜂族的子孙后代都把这宝典镌刻在家族的大纛上，视为金科玉律，在升旗、降旗时诵读，每日多次反省自己。

可是，现在我们“80后”蜜蜂却不再这样想了！我们渐渐感觉到，家族的担子太沉重了。我们在思考：面对现在的世界，我们还值得做出如此重大的牺牲吗？

三

有些贪得无厌的人，不肯收敛他们的野心，生活得越富足越安逸越幸福，他们就越贪心：有了100平方米的公寓房，他们就想着500平方米的别墅；有了桑塔纳，他们就想着宝马、奔驰、凯迪拉克；有了金山银海，他们又想着更多……

这些人的没完没了的贪婪，把这个地球弄得乱七八糟。

全球气候变暖，河流一条条地干涸了，绿洲一片片地变成了沙漠，连冰山都被烤化了，再也没有了“燕山雪花大如席”的美景。

臭氧层变得越来越稀薄，生态环境不断恶化，我们生存的空间越来越小。终有一日，天空会被戳开一个大窟窿，连女娲也无法炼出巨大的五彩石，再也无力“石破天惊逗秋雨”了。

动物、植物等，一批批地死去，不少种群快速从地球上灭绝。人类却不断繁衍，一天比一天密集，而且要求“福禄寿喜财”五福齐全。于是，资源一天比一天匮乏，就爆发了战争——抢夺土地，抢夺水源，抢夺石油，抢夺空气，抢夺地球上一切一切可以使财富增值、使生命延续的资源！

于是，有些人就开始用化学肥料取代天然农家肥，用转基因技术改变植物的天然特性，用越来越毒的杀虫剂对付病虫害，用催长素、催肥素促使猪牛羊、鸡鸭鹅等快速生长，用催红素为苹果、鸭梨、西瓜、桃和杏等增色，用增白剂为大米、面粉等漂白，用增黄素、红色素为玉米、小米、芸豆、红豆、紫米、花生米等染色，用反式脂肪酸代替天然脂肪，用胭脂红、山梨酸钾、碳酸氢铵、碳酸氢钠、碳酸钙等五花八门的化学制剂制造出各种各样的离奇效果……

于是，他们最终毒害了他们自己。

四

然而，最最让我们蜂类不能容忍的，还是有些人对我们蜜蜂家族无比纯洁、无比高尚的伟大文化精神的无耻伤害!

他们无耻地在我们能够祛病去疾的蜂王浆里面掺糖、掺粉，以至于就连药店里卖的王浆都没人敢相信了；他们无耻地在我们能够让人延年益寿的蜂蜜里面兑水、兑糖浆……

当他们往蜂蜜里兑水时，我们20世纪50年代以前的蜂前辈们只是摇头叹气，以大忍的态度说：“老天爷看着他们呢！”

当他们往蜂王浆里掺糖时，我们20世纪60年代、70年代的蜂兄蜂姐们只是愤懑地诅咒两句，就又充满理想主义地埋头苦干去了。

当他们往蜂胶里放色素、放淀粉、放各种化工原

宋　赵伯驹　《蜜蜂双戏图》

料时，我们“80后”蜜蜂却再也不能容忍了！这些伤天害理的家伙，我们已经把他们看透了——他们的良心、道德、人性早就被狗吃了。

对这样的家伙，我们还客气什么，还迁就什么呢？别看我们蜜蜂个子小，身单力薄，但我们蜜蜂是人间所罕见的团结大集体。蜂多力量大，三四只蜜蜂就能把人身上蜇得红肿一片。200多只蜜蜂共同作战，就能把一个坏人蜇死！

所以，我们“80后”蜜蜂决定不再忍耐——如果歹人继续作恶，而人间继续缺乏正义的审判和法律制裁的话，我们新蜂类可就要拍案而起了。对坏人的姑息就是对好人的犯罪，该出手时就出手！

五

嗡嗡，我们就是这样一群“80后”新蜂类！

嗡嗡，我们决不能再走祖辈们“只埋头拉车，不抬头看路”的旧路了！

嗡嗡，我们必须建立起惩恶扬善的社会新机制！

当然，我们也不是没看见“春在溪头荠菜花”。

人间的大爱大善大真大美并没有灭绝，很多人，男女老少，还是遵循道德的好公民；大部分企业，国营民营，还算奉公守法的好企业；更有不少社会精英分子，在用自己的心血，默默地、甘愿把“冷板凳”坐热地铸造着人类21世纪的历史新高度。

对人间这样的优秀品德和行为，我们每只蜜蜂都尊敬有加。我们发誓，一定要在“八千里路”的迁徙、迁徙中，在“三十功名”的工作、工作中，把这些优秀品德和行为，大声地昭告给云和月，大声地昭告给天和地，大声地昭告给全体生物界。

大江东去，大浪就是这么淘洗出千古风流人物的。

嗡嗡，我们的任务，也是要弘扬中华民族绵延五千年的优秀传统文化！

嗡嗡，我们的使命，也是要推动天地人心的文明和进步！

嗡嗡，我们就是这样一群特立独行的“80后”新蜂类！

2010年4月24日初稿，2010年5月7日定稿

回到童年，观鸟去

人生应该时不时地回到童年。童年虽然幼稚，但是纯真、美好，头脑里满是有趣的事物，心里面全是好奇和梦想，一天到晚沉浸在岁月的温暖里，有着数不尽的快乐。

最重要的，小小眼睛里的世界，充满着真善美。

至今还特别记得那时读过的一本书，写的是几个少先队员跟着科学家叔叔观鸟的故事。虽然我已经不记得书名了，但是有些段落和情节还记得很清楚。从此，竟种下了一个观鸟情结，自己却并不知道，直到这次跑到七里海，做了一次观鸟员，圆了这几十年的梦想。

七里海的鸟儿，让我看得如痴如醉！

你看，这不是苍鹭吗？外号叫“抻脖子老等”。少年时的那本书说它好吃懒做，不爱劳动，每天只是站在浅水里等着，有小鱼游过时才伸出长长的尖嘴巴去捕捉，久而久之，竟把自己的腿和脖子都等得又长又细了。而苍鹭在七里海变成了一位美丽的七彩禽姑娘。传说有一次，她在即将被老雕袭击的危急时刻，有个小伙子救了她。为了报答救命之恩，七彩禽变作姑娘来到小伙子家，成为他的妻子。有一年，下大雪，家里断了粮。情急之下，禽姑娘拔下自己身上的七彩羽毛，织了一块布，让丈夫拿到集市上去卖，结果卖了个非常好的价钱。从此，贪心的丈夫竟然不再劳动了，天天逼着妻子织布。过了一段时间，可怜的禽姑娘把身上的七彩羽毛都拔光了，再也织不出布。丈夫见状，竟抛下她再也不回家。七彩禽此时只剩下灰色的羽毛了，天天站在家门前的小河里，等着丈夫回心转意。天长日久，她把脖子都抻长了，腿也站得瘦骨嶙峋……

再看，这不是勤劳的燕鸥妈妈吗？它们每次生下宝贝蛋后，就开始了艰苦的孵化过程。在20多天里，它们一动不动地把宝贝蛋放在自己肚子底下，用自身的温暖促进孩子们的生长发育。这些日子里，它们几

清　余穉　《花鸟图》

乎不吃不喝不睡，只有在饿极了的时候才起身赶快去找点儿吃的，然后又急急忙忙赶回来护住自己的宝贝蛋。我看见，一位燕鸥妈妈困得眼睛都睁不开了，头一点一点地直打盹，可是一片草叶的轻轻摇动惊醒了它，它赶快抬起头来警惕地看看周围有什么动静。但在这么长的时间里，宝贝蛋的爸爸在哪儿呢？没看见。

还看，还看，这不是喜鹊吗？喜鹊到处有，北京也有，喳喳喳喳，到处报喜，到处受到欢迎。《唐宋词一百首》开篇第一首就是《鹊踏枝》："叵耐灵鹊多谩语，送喜何曾有凭据！几度飞来活捉取，锁上金笼休共语。比拟好心来送喜，谁知锁我在金笼里。欲他征夫早归来，腾身却放我向青云里。”这说明古代就有盼望喜鹊报喜的民俗了。七里海的喜鹊真厉害，为了保护自己的孩子，敢于和老鹰展开战斗。一群喜鹊能把老鹰啄得落荒而逃，就像一群小小歼击机群殴大型战斗机，一群小小鱼雷艇围攻航空母舰一样。无论是保护孩子还是保卫家园，只要横下一条心，怀着必胜的信心，弱者都不弱，强者应更强。

…………

以上这些场景，都是我站在七里海的观景台上，通过四个彩色电视大屏幕看到的。在大大小小的鸟岛深处，几十个电子监控摄像头，日夜不停地把鸟儿们的生活场景高清晰度地传输过来。这是我平生第一次通过大屏幕，看到大自然中自由自在的鸟儿们。这可真是高科技哎！镜头可真清楚哎！连它们“才下眉头，又上心头”的一颦一笑都拍摄下来了，连它们身后那“风吹草叶动，水摇鱼上来”的背景都传输过来了。从中可以看出，这里的鸟儿们生活得随意、惬意和欢快，幸福生活指数应该不低。套用一句话来说，它们的幸福也就是我们的幸福。

“走，上里边瞅瞅去！”

主人一声招呼，大家兴致盎然，争先恐后冲上长长的木栈桥，仿佛去抢地盘般向前奔去。但是主人立刻过来制止，轻声说：“要慢走，放轻脚步，噤声，不能惊着鸟儿们。”我们吐了一下舌头，一个个蹑手蹑脚、躬身而行。栈桥有两三公里长，差不多走了一半，就看见在桥头远端有两只半人高的大鸟，悠闲地“坐”在那里的木栏上，正起劲地聊着天。我猜它们正在交流的话题，或许是如何使用名牌化妆品，因为二者都在尽力展示着自己的美丽身姿，不时伸展白色的身躯，甩动长喙和黑冠。此时，它们头上的长羽毛就像披风一样飘荡在肩上，真是又威风又美丽。是仙鹤吗？是神话传说中的朱雀吗？抑或王母娘娘家的七仙女？

可是主人不再让我们往前走了。我心里很遗憾：还有那么远的距离呢，看都还没看清楚，怎么就怕惊吓着它们了呢？主人说：“是野蛮的盗猎者伤害它们太狠了，把它们的魂儿都吓丢了，现在刚刚在七里海找回来，还经不起大风大浪。因此，稍有风吹草动它们就惊慌失措，以为灭顶之灾又来了。”

我们只好万分遗憾而又恋恋不舍地往回走。这时，我才缓过神来，打量七里海。

嗳嗨哟，还真的很像海呢，波光粼粼，水色清碧，一望无际。水面上有多个小岛，据说都是人工堆积而成的，上面生长着绿得发亮的芦苇、茂密的嫩草，以及各色盛开的不知名的小花。风儿吹，水儿就荡，光影就摇，大鸟们就翱翔，小鸟们就叽叽喳喳地唱起了童谣。

神奇的七里海，原生态的湿地景观，大地的“绿

明　吕纪　《飞鹭图》

肺”，有着苇、蒲、蓼等150多种植物，鱼、蟹、虾等20多种水产，东方白鹳、天鹅、灰鹤、白琵鹭、白鹭等180多种鸟类，美不胜收，生动地展现着湿地生物物种和自然风光的多样性、丰富性、包容性、可亲性，简直可以说是万物共生共荣的乐园。坐着观光游艇慢慢游览，能看到尺长的鱼儿往船上跳的奇观；沿着遮天蔽日的苇中小路探索前行，又可领略“万物俱寂静，周身皆鸟鸣”的神秘感。一望无际的芦林、苇海、花草、沼泽、鸟岛，猛然唤醒了人人曾经拥有的少年情怀；清新的空气、甜甜的草香和清澈的海水，洗涤着个个被肮脏城市污染的肺。此外，它还有源远流长的历史：牡蛎滩自然遗迹距今已有几千年，其规模之壮观、密集程度之高、序列之清晰、保存之完整，国内绝无仅有，在世界上都极为罕见。大面积的贝壳堤，与美国路易斯安那州贝壳堤、南美苏里南贝壳堤并称为“世界三大古贝壳堤”，极具观赏和研究价值。

这样的海，这样的风，这样的鱼，这样的鸟，这样的童话，在哪儿呢？

说了半天，不再卖关子了："远在天边，近在眼前。"七里海湿地就在天津东北部的宁河界内，离天津市区和北京城都不远。水呢，你不善待它，你不亲近它，它也就离你远去了。可是，我怎么也没想到的是，在干燥的京津地区，居然还涵养着这么大的一片水域！

说是"涵养"，一点儿也没说错。1992年经国务院批准，七里海成为古海岸与湿地国家级自然保护区，是我国唯一的古海岸与湿地同处一地的国家级自然保护区。整整20年来，七里海人民像捧着一颗稀世珍珠似的，小心翼翼地呵护着它，建设着它，把它侍弄得一天比一天更润泽、更晶莹。这不，天津《今晚报》10天前（2012年7月13日）发表的消息：今年七里海管委会在每个鸟岛上开挖了深、浅水湾，同时根据鸟类的生活习性，建起了多个鸟巢和栖息架，使来此栖息的鸟儿比往年增加了20%，还出现了许多新品种。其中包括国家一级保护动物东方白鹳、大天鹅两种，国家二级保护动物小天鹅、中华秋沙鸭、疣鼻天鹅、琵嘴鸭等10余种。此外，花脸鸭、红头潜鸭、青头潜鸭、尖尾鸭、反嘴鹬、鹤鹬等珍稀候鸟也“光临”了七里海湿地……

最后，再披露一个秘密：七里海管委会有个老同志，这些年把他的青春和汗水都奉献给七里海了，得到的回报是他已成了专家。你去七里海观鸟赏鱼，有什么问题尽管找他去问，能问倒他，也算你是个专家！

2012 年 7 月 23 日

去番禺看考拉

A1

由于职业关系，前半生走南闯北，我走过的地方不算少，见识也不能算短。到了早生华发的年龄，心态渐渐淡泊，再好的地方、再绝色的风景，也难以生出有力的手拽我回头。唯有一个例外，那就是地处广州番禺的“香江野生动物世界”。

自从去年造访了那个与动物们同享欢乐的野生动物园以后，我就对番禺产生了强烈的“回头”愿望。在北京，到全国各地，我逮个机会就对朋友们说：“番禺的野生动物世界，去了没有？那是我在国内外所见到的最好、最高级的动物园！一定要去！赶快去！去了能年轻30岁！”

他们看我语气这么夸张，纷纷调侃说：“你都多大啦，怎么还这么贪玩！”

我就用更加夸张的语气说：“可不是我贪玩。那园子里有考拉，就是澳大利亚国宝，憨头憨脑的，你不想看？还有白狮子、白老虎，不是一只两只，而是一百只两百只，你也不想看？”

他们的眼睛立即亮了起来。

B1

番禺在广州市中南部，居于穗港澳“金三角”的地理中心位置，昔为广东省番禺县，现为广州市番禺区。它的东面是东莞，西面是佛山，南面是中山、珠海、澳门，东南方是深圳和香港。无须赘述，番禺经济之繁盛是不言自明的。

番禺的得名至今有三说：一是这里有番山、禺山，从山得名；二是番山之隅，日久天长，去耳存禺；三是番禺者，乃黄帝之曾孙名字也。

还有我们不知道的是，番禺的历史源远流长——早在秦始皇三十三年（公元前214年），这个被当时北方政治权力中心视为蛮荒的偏远之地，就因秦灭六国，统一岭南后设置了南海郡，而成为管辖今广州、东莞、香港、澳门一带幅员广阔地区的郡治中心。强大的秦帝国带来了中原的优秀文化和先进技术，促进了岭南地区的经济发展和政治、文化的进步。而古番禺，甚至还有更悠远的历史故事。早在距今七八千年的新石器时代，番禺的原始先民们就已经过着采集、渔猎的原始共产主义生活了。

保不齐今天香江野生动物世界里的黑猩猩们，就是当年古番禺类人猿的后代。

A2

可惜那天去野生动物园的时候，已过中午，几只又高又大的黑猩猩都在呼呼大睡。隔着玻璃，它们听不到我的问话，或是假装听不到。

我只好转身，直奔那最吸引人的澳洲树熊馆，去看那一想起就心痒痒的考拉们。

说起这个香江野生动物世界，可真让见多识广的我一再惊呼。惊呼什么？太壮观了！

一路上，坐在朋友开进园内的私家车里，身边不

清　沈铨　《百鸟朝凤图》(局部)

断掠过成群的小鹿、大鹿，成群的白孔雀、蓝孔雀、火烈鸟，成群的黑熊、棕熊，成群的猴子、猩猩……看来它们的日子过得都不错，草肥水美，食物充足，不用节衣缩食，完全可以优哉游哉地把幸福日子过下去。

后来，我看了资料才得知，这个“动物天堂”曾被南非反虐待动物联盟评为世界上“最好的自然资源保护地之一”，因为这里共有珍稀动物 460 多种，2 万多只，包括咱们的国宝大熊猫，还有澳大利亚的考拉、洪都拉斯的食蚁兽、塞拉利昂的河马、马来西亚的黄猩猩等世界各国的代表性动物。

别的还好，北京动物园里大多数都有，不算新鲜。就是考拉，除了澳大利亚本土，不知道哪儿还有，简直太稀有了！

B2

“番禺”（Pānyú）这两个字不太好念，不知为什么，到了嘴边，总想滑出“Fānyú”这个音。和我犯同样错误的北方人很多。

古代，北方政治权力中心的人一直认为，一到珠江流域，就是文化落后的蛮荒之地。而今天，珠三角的南方人已从内而外散发出一种自信。

我不知道番禺人怎么看待北方人，但在我这个土生土长的北京人眼里，番禺人的确有着他们的精明——他们既敢于不断开拓新的事业，又能用天生务实的头脑迅速使财富增值。

改革开放三十多年，过去的“鱼米之乡”番禺，今天已成为工业、农业、商贸、教育、旅游等齐头并进的新型城镇。户籍人口还不到100万，全区2009年的生产总值却已超过863亿元！

A3

在去往澳洲树熊馆的路上，我们先迎头撞上了百虎山。今年是虎年，去年到这里时，园区正为迎接虎年大兴土木，犹记得当时围挡布上画着很多只白老虎，令人生出无限遐想。谢天谢地，我又来了，此番可不能再错过白老虎了。

进园后，游客比肩继踵。这里可真热闹，老虎之多，让人目不暇接——虎山、虎馆、虎舍，都有好几座，分别游走着高大威猛的东北虎、华丽灵秀的华南虎、“金发碧眼”的孟加拉虎。还有一座敞开式的虎“幼儿园”，里面像狼狗一样大的幼虎群集，一窝蜂打闹嬉戏，其可爱之态，令成人、孩子一个个都喜不自胜，喝彩不断。

明　赵汝殷　《风林群虎图》(局部)

从毛色上分，全身金黄的金虎是“帝王”，身份最贵重。全身雪白的雪虎次之，乃“皇亲国戚”。再下面者为白虎，全身以乳白色做底，上面“绣”着现代派绘画一般的咖啡色条纹；眼睛湛蓝色，鼻子粉红色；举手投足间尽显雍容华贵，可受封公、侯、伯、子、男等爵位。

令人唏嘘的是，到 2010 年，全世界的野生虎仅存不到 3500 只了，这一数字还在继续减少。而且，现存的虎，只有东北虎、华南虎、孟加拉虎、印支虎、苏门答腊虎和马来亚虎这 6 个亚种了，曾经的巴厘虎、爪哇虎、里海虎已经灭绝，成为美丽的传说。嗟乎！起源于 100 万年前的古老王者，该让我们怎么反思人类的罪恶呢?

亡羊补牢，犹未为晚。香江野生动物世界为老虎的保护做了不少事情。在我去的 2010 年，该园已经拥有 100 多只老虎，百虎山成为世界上同时展出老虎数量最多的虎展区。并且，自 1998 年从瑞典引进的白虎凯丽生下第一胎白虎后，这里就拉开了“白虎王朝”的序幕。仅仅 12 年，该园就创造了诞生 50 只白虎的奇迹，被誉为“世界白虎工厂”。要知道，全世界的白虎总数也就200只左右啊！其他的老虎也不断生下小虎仔，除了白虎、金虎、雪虎之外，银虎也被培育出来了。

哦，狼狗一样撒欢的小虎仔，为你们祝福！

B3

我最羡慕番禺人的，是他们的生活质量：区内除香江野生动物世界外，还有鳄鱼公园，其拥有的10万条鳄鱼，约占全国鳄鱼总数的70%；还有大夫山森林公园，园内群山连绵，湖光水色，是天然的大氧吧；还有有“岭南一秀”之誉的莲花山国家4A级旅游景区，内有两千多年前的古采石场遗址，明代建筑莲花塔、清代建筑莲花城，以及今人修建的目前世上最高的贴金观音立像；还有番禺博物馆、冼星海纪念馆、余荫山房、沙湾古镇、宝墨园、南粤苑、丽江明珠歌剧院、大学城等，哪一个都能让你流连忘返，都能让你从内而外感到幸福。

更让人们感到欢乐的是长隆国际大马戏表演。它每晚在全球最大的专业马戏表演场馆演出，荟萃了全球顶尖的马戏精华，演出过由好莱坞著名导演多丽安娜·桑切斯执导的星空马戏《天启》、由世界马戏泰斗扎巴斯内创作的全球最大主题马戏《月球侏罗纪》、全球最大情景马戏《森林密码》，以及世界马戏精华集锦，等等。置身场内，顷刻间就会让你重返童年。这人生如梦的境界，品咂起来，真是“谁道人生无再少？门前流水尚能西”！

而最让番禺人骄傲的，是2010年在广州举办的亚运会。几经挑选，亚运城最终选在了番禺区的石楼镇。仅仅经过3年时间，一座包括主体育馆、展览厅、媒体中心、运动员村、技术官员办公区、医院、志愿者工作区在内的现代化亚运城，已经在昔日“晴天一身土，雨天一身泥”的“镬底地”上矗立起来。给我留下最深印象的，是它所遵循的环保、低碳、节约等原则，所有的场馆、楼宇、设施都已做好赛后的用途规划。比如，展览厅将改造成大型购物商城，技术官员办公区和志愿者工作区将成为一所中学、一所小学，运动员餐厅将变成商业一条街，媒体中心和运动员村将成为居民住宅，医院将改作居民社区医院……

A4

我终于如愿以偿，又一次看到了可爱的考拉！而且不止一只。

它们各自趴在专门为它们做的桉树上，逍遥地抱着树杈，极尽享受地午休。在我的印象里，除了树懒，最爱睡觉的动物可能就是考拉了，一天通常要睡 18~22 个小时。

1 只，2 只，3 只……我在数这里究竟有几只考拉。

2006 年 4 月，香江野生动物世界从澳洲引进了 6 只考拉。在中国保育员的精心照料下，它们幸福生活了几个月之后，陆续诞下了小宝宝。为此，园区专门修建了考拉馆，正式名称为“澳洲树熊馆”。馆内布局跟北京动物园的大熊猫馆颇有几分神似：都有 10 余个阳光明媚的房间；都有大玻璃落地窗，便于游客观看；外面还有露天的院子，便于考拉们出门去玩耍。而不论是室内展区还是室外展区，都在醒目处挂着文字说明牌，详细介绍了考拉的物种、目、科、生活习性等。

考拉是澳大利亚的活化石。而真正的化石证明，早在2500万年以前，类似考拉的动物就已经存在于澳大利亚大陆上了。20世纪40年代，由于人类的屠杀和环境恶化等因素，考拉曾一度被认为已经灭绝，但后来又重新被发现。

我个人由衷地认为，这世界上，应该没有人不喜欢考拉。它们太憨态可掬了，圆滚滚的身子，大大的耳朵，呆呆的，傻傻的，玩具一样的外貌，集平和、友善、淡泊、纯真、诚恳、低调于一身，不能不让人生出爱怜之心。我一直不明白的是，它们这么弱不禁风，对残酷的外界环境毫无抵抗能力，怎么能一直活到今天呢？

香江野生动物世界为了引进考拉，从2002年起就开始在园区内试验种植桉树，前后花了4年时间才成功。精诚所至，金石为开。他们的诚意和努力，逐渐化解了澳方人员的疑虑，为中国打开了考拉引进的大门。2006年，一对考拉夫妇到达不久，就在这里生下了双胞胎女儿。这是半个世纪以来全世界唯一的一对考拉双胞胎，当时轰动了全世界，成为各国大小媒体的头条消息。一直到现在，这对双胞胎姐妹都形影不离地待在同一棵桉树上，成为番禺，乃至广州的“全民偶像”。

1只，2只，3只，4只……我一边数着，一边在考拉馆里来来回回地穿梭，试图数清楚现在馆里的考拉已经繁衍到多少只了。可惜，顽皮的考拉不好好配合，还跟我玩起了捉迷藏，一会儿在这片茂密的树叶中出现了一只，一会儿又在那一棵桉树上出现了另一只，甚至院子里的树上也出现了它们憨憨的身影。于是，我的数字不断地变化，最后在16只和17只之间摇摆不定。我不由得笑起来，自嘲自己好像回到了不识数的童年。

2010年5月15日初稿，2010年6月3日定稿

我家有个“小弟弟”

我家有个小弟弟
聪明又淘气
每天爬高又爬低
满头满脸都是泥

——儿歌《我家有个小弟弟》

终于养起了一只小猫，似乎才觉得生活完整了，家才像个家了。

也许你觉得我这么说是矫情，那是你完全不了解我。我内心充满爱，又倍加珍惜爱，很自然地会向小动物倾注情感。

一

人们有时对“幸福”的理解是相当具体的。在很久没有感受过幸福之后，养了这只小猫，竟让我体会到一种幸福感。

小猫刚被抱来的时候，只有巴掌长，还没有断奶。由于害怕这个陌生环境，一来就藏在沙发底下，“喵呜喵呜”，奶声奶气地不停地叫唤。

这是一只普通的家猫，底色为白，点缀着不规则的金黄花斑。它面庞微隆，鼻梁挺直，鼻头小巧玲珑。眼睛圆且大，与人对视时更圆更大，里面仿佛汪着一泓金黄色的水，平添了几分灵动的神采。据它原来的主人说，同一胎的五个兄弟姐妹中，它是眼睛最

近现代　刘奎龄　《猫蝶图》

圆最亮的一只。“巧笑倩兮，美目盼兮。”它也因此格外受到宠爱。

女儿放学后见到它，立即欢呼雀跃起来。也许是遗传的原因，我和女儿都格外喜欢猫啊，狗啊等带毛的小动物。女儿还不满周岁时，就曾抓住邻家的猫不肯放手。后来她懂事了，多次求我给她养只猫，但是因为听说猫身上有病菌，对小孩子不好，所以就一直没养。如今女儿长大了，人家又把小猫送上门来，我这才抱着试试看的心理，把猫留下了。

男人回家看到它，脸色就沉了下来。他从心底里不喜欢小生灵，这也是没有办法的事。不过看到女儿欢喜若狂的样子，男人到底没下逐客令。

小猫就这么留下来了。

小猫真的带给我极大的愉悦感，请让我毫不隐瞒地告诉你。它非常信任和依赖我。每次我从外面回来，刚上楼梯，它一听见我的声音，就在屋子里“喵！喵！”地呼喊起来，喊声是那么急促，那么深情。及至打开房门，它就开始围着我撒欢，故意在我脚面上跳来跳去，或者拿它的尾巴在我两腿中间扫来扫去。我走到厨房，它就跟到厨房；我走到卫生间，它也跟到卫生间；我坐下写作，它就趴到我眼前，目不转睛地看着我，简直就像影子一样寸步不离，生怕我再把它独自留在家里。

说到读书写作，这于我自己是最愉快的事，于女儿却是最无奈的事——我曾问她最不喜欢我什么，她想也不想，一指我的书桌说："你写稿子。"的确，我写作的时候最不喜欢女儿来打搅我，受了冷落的她竟和小猫成了同盟军。

这个小同盟军完全不管不顾，大摇大摆地跳上桌面，往我的稿子上一趴，然后就瞪圆了眼睛看着我，那意思是说："你不跟我玩，我就不让你写！"我大声地呵斥它，它纹丝不动，只是把它漂亮的大眼睛瞪得更圆，盯着我看，金黄色的眼睛里全是倔强。我只好把它抱到地上，拍拍它的头，叫它不要闹。谁知一回身的工夫，它就又跳上桌来，依旧趴到我的稿纸上。常常要如是好几回，它才极不情愿地往后退一步，让开稿纸的大半，却依然要用身子压住一个角卧下，然后又倔强地看我一眼，就心安理得地打起它的猫呼噜。我只好暂且将就，过会儿趁它不注意，赶快把稿纸拽出来，扩大些地盘。可还不等我写上三两行，它就又发现了，大模大样地立起身，往前凑一步，又压住稿纸的一角卧下，才又安心闭目打呼噜。

晚上我读书写作的时候，不论多晚，它都要趴在那儿等着我。有时它困得实在睁不开眼了，也还是不肯回到它的小窝里去，就趴在我的写字台上睡着了。久而久之，我竟也养成了习惯，有时没有小猫守在跟前，心里就不踏实，非要起身去看看它在哪里，在干什么，然后再继续做我的事。

就这样，小猫不仅进入了我的生活，也渐渐进入了我的感情世界。特别是白天，女儿上学去了，小猫忠实地陪伴着我。有一次，我下班回来买了不少东西，在楼下喊女儿下来帮我拿。女儿正在玩游戏机，不肯下来，小猫却一下子就蹿到我脚边，“喵喵”地迎接我，金黄色的眼睛里流露出由衷的兴奋。我心里暖暖的，忍不住对女儿说：

“瞧，小猫都知道下楼去接妈妈，你呢？”

女儿耍赖，反驳我说：“小猫也管你叫妈妈呀？

你也是小猫的妈妈呀？”

我说：“就是。小猫就是你的小弟弟。”

女儿大笑起来，起身就去抱小猫，叫它“弟弟”。

其实女儿更爱小猫。有时小猫犯错误，我要打它，女儿总是护着不让打。女儿对待这位小“弟弟”，更有一番长姊风范。我给小猫喂好吃的，抱着小猫逗它玩，包括晚上睡觉小猫不肯到它的窝里睡，而一定要卧在我的被子上，把它的一双小爪子搭在我的胳膊上，女儿都大度地接受，甚至感到欢喜。我曾到女儿的学校了解过，她在班里对同学的态度也是如此。我非常欣赏女儿能有这样忠厚的品格，尽管目前社会上有人认为忠厚已经过时，拿着鲁迅先生那句话“忠厚是无用的别名”来理直气壮地否定它，更曾有人干干脆脆地对我说：“可别让你女儿太忠厚了，那得吃一辈子亏。”但我想，人类还是应该以忠厚为本，不然人人都精得跟猴儿似的，这社会还不打得昏天黑地，那这世界还怎么待下去呢？

二

由此，我也想到应该让小猫养成一些良好习惯的问题。

猫绝对是有思维能力的，据我观察，其智力水平相当于一岁小孩。比如，它会用各种不同的叫声表示它的饿、渴、困等不同要求，会用蹭腿、摇尾巴、逃走等不同动作表示它的各种感情。我的猫还会跳起来开门，这是因为它千百次地看我拧门的动作，知道了那是开门的机关。最绝的是我的猫心里有一杆不差斤两的秤，能用三种不同的态度对待家里的三个人。比如对我，它就竭尽撒娇、耍赖、调皮之能事，不论我怎么大声地呵斥它，它也“我自岿然不动”。可是要换了男人，只要他一进屋，小猫立刻就蹿到床底下躲起来，一声也不敢吭。对女儿呢，平时它不怎么在乎，若我出差在外时，它却巴儿狗似的跟着她，特别乖巧。真是打着不走，牵着倒退，让人又爱又恨。

既然小猫这么聪明，那我认为应该教育教育它，使它也有家规家教，养成良好习惯，成为一只有教养的猫。

我少年时也曾养过一只猫，它也是黄白花色，圆眼睛，半长的毛，刚抱来时也是只有巴掌长。我和那只小猫处得挺好，那真是一只优秀的猫，非常懂规矩。那时父亲也被“揪出”好几年，每月只发15元生活费，家里生活很是艰难，所以每天给小猫的饭食，也就是在米饭里拌点菜汤。小猫从不挑嘴，给什么就稀里呼噜大吃什么，还长得胖墩墩的，毛光脸亮。它从不偷吃东西，你就是把鱼和肉随手放在地板上，没告诉它可以吃，它也绝不去偷吃。它处事很有分寸，从不跳到饭桌、厨台等不允许它去的地方。来客人时，它也很守规矩，既不“人来疯”，也不躲在床底下死不出来，而是大大方方地走上前，“喵”地问声好。我也从未见过它到处乱磨爪子，把物品抓得稀巴烂。可惜这样一只出色的猫，后来跑到外面迷了路，再也没有回来。

相比之下，现在这只猫可算是“野蛮人”了。“有意栽花花不活”，不论我怎么教化它，它都像坏小子一样冥顽不化。

就说它现在的伙食吧，天天有鱼，顿顿有肝，直

近现代　程璋　《狸奴月季》

把它吃得脑满肠肥，“将军肚”耷拉着，走起路来一扭一扭的，要尽大老板的威风。可它竟然还是偷嘴吃，一不留神就跳到灶台上偷肉吃，怎么挨打也不改。它也全不懂规矩，一兴奋起来就疯闹，满屋子、满柜子、满桌子、满床地蹿上蹿下，不是碰倒了花瓶就是摔坏了碗，有一次把我的玉镯打碎成四段，我这边还没回过神来呢，它那边毫无歉意，又像个没事人似的推倒一只茶杯，气得我和女儿直骂它“闹咪”。更可恨的是它不知打哪儿染上的恶习，每天一起床，一吃完饭，一玩高兴了，就冲到沙发扶手上去磨爪子。没几天，我那沙发的扶手处，从外罩到内里，硬生生被它抓得丝丝缕缕，破烂不堪。我赶紧在那里缝上一块厚棉垫，谁知它嫌不舒服了，又改换到另一只扶手上去磨，真是恨煞人也！

三

我也曾多次自忖：对于这只奸懒馋滑的猫，为什么还不把它打出去？

不但不打出去，还拿它当宝贝，心甘情愿地伺候它。朋友们没有不笑话我的：“你整天说你忙忙忙，累累累，怎么还会有这份精气神儿弄猫？”

对这个问题我也说不清楚。从理论上说，我想这也属于当代社会病中的一种——你没看见现在社会上有些人，整天吃香的，喝辣的，三层楼房住着，私家轿车开着，比过去吃窝头就咸菜不知登上了几重天；可是过去倒不发牢骚，现在却整天这也不满意，那也不顺心，好像谁都欠他二百吊。据专家说，这叫当代社会焦虑症，是因为适应不了当代社会急剧变化的节奏，心理失衡而引起的。的确，后工业社会时代，人类千年形成的传统生活方式遭受冲击，精神世界的断层处无人来弥补。人类能否拯救自己？人类怎样拯救自己？这一系列重大的理论问题，根本就不是我辈能够想得清说得清的。

而从情感来说，为什么爱猫的问题就更难描述得清。你能说清楚为什么爱红日白雪蓝天吗？你能说清楚为什么不爱凄风苦雨严霜吗？

冰心先生的爱猫早已尽人皆知，季羡林先生以及刘心武、张洁等很多很多作家、学者都爱猫，可见宠溺猫并不多么可笑，与猫交流感情也并不是一件不适宜的事。当人的精神世界孤寂无助时，一只小猫可以同你一起渡过危机。猫绝对可以与你相通，做你的朋友，甚至强过你周围的一些人。的确，这世上有些人还不如猫，起码猫不会陷害你、妒忌你、中伤你、讹诈你，甚至攻其一点不及其余；猫也不会向你落井下石，往你的伤口上撒盐，置你于死地而后快；猫更不会口蜜腹剑地算计你、明火执仗地抢劫你、背信弃义地出卖你。猫向人献媚讨好往往并非出于功利目的，只不过是天性使然。

四

在结束本文的时候，我的心又疼了起来。因为不瞒你说，我家的“小弟弟”已经离开我一个星期了。算起来，也许是我害了它。我从不让它出门，弄得它没有一丁点儿社会经验，而当它不知深浅地跑到外面的世界的时候，立即就被漆黑的夜吞噬了！

女儿大哭，睡梦里还在叫“小弟弟”。每逢吃饭的时候，更是一叠声地问我：

“咪咪跑到外面，有没有人给它饭吃呀？”

“要是没有人给它饭吃，它吃什么呀？”

“它没有东西吃，会不会饿死呀？”

说着说着，女儿的眼里就噙满了泪水。而我也盯着饭菜，想起小猫瞪圆了眼睛，看着我们吃饭的桌子，冲着我“喵喵”地叫，它是在提醒我们不要忘记它也要吃饭呀！这只猫也挺奇特的，不管是什么菜肴，哪怕是并不爱吃的，也要吃上几口，以示它也是这个家庭中的一员。你们谁听说过猫吃老玉米、白薯、点心、冬瓜、西红柿、土豆、白菜、莴笋、菜花、豆角？我们家的猫都吃过。

1992 年 11 月 30 日

儿时的鸟儿们

小时候住的协和大院宿舍，是一座欧罗巴式大院，里面花、草、树都多，鸟儿愿意来呼吸新鲜空气。每天早上一醒来，就能听到它们在窗外练声的练声，唱戏的唱戏，热闹极了。记得施特劳斯有一首钢琴曲《在克拉普芬森林》，我相信，他一定是听到了晨光中的众鸟和鸣。

我在大院里见过的鸟，有燕子、喜鹊、麻雀、老鹰、啄木鸟、布谷鸟、乌鸦、鸽子等。据说还有小伙伴见过猫头鹰。有一天傍晚，我还亲眼看到天上飞着一排南归的大雁。它们已经飞得很低了，可以清晰地看到夕阳照在它们身上，把每一只大雁的羽毛都染成一片金红。它们一只只伸着长颈奋力飞着，队伍整齐得像是用尺子划出来的，那场面可真是壮丽啊……

喜鹊的叫声不用我形容，大家都听过，“喳喳喳，喳喳喳”的，也有人听到的是“喜喳喳，喜喳喳”。从古代开始，人们就称之为报喜之声。我有一本《唐宋词一百首》，开篇第一首便是写喜鹊来送喜讯的：“叵耐灵鹊多谩语，送喜何曾有凭据！几度飞来活捉取，锁上金笼休共语。　　比拟好心来送喜，谁知锁我在金笼里。欲他征夫早归来，腾身却放我向青云里。”（无名氏《鹊踏枝》）这是五代时期民间流传的一首爱情词，上半阕是少妇口气，说多嘴的喜鹊呀，没凭没据的，你来送什么喜？下半阕换成喜鹊的口气，委屈地说，我好心好意来送喜，她却把我锁进

近现代　于非闇　《花鸟之喜鹊》

笼子里，盼她出征的丈夫赶紧回家来吧，就能把我放回到蓝天白云里了……哈哈！

中国民间也有很多类似的传说，比如“喜鹊叫，贵客到”“喜鹊喳喳，财宝到家”等。到不到家先不说，那“喳喳喳”的叫声确实好听，给人带来愉快的感觉，因为里面有一个好字——“明”：明朗、明快、明晓、明畅、明净、明澈、明晰、明理，还有光明、聪明、鲜明、启明、精明、神明、圣明……总之各种好词吧。其实，这都是人类心目中自己设定的主观美好想象。实际上，喜鹊为了个体的生存，也是很凶悍的。当饿了或是要喂食自己的雏鸟时，它会狠心地对其他鸟类的卵或雏鸟痛下杀手，毫不心慈手软。可见在自然万物中，什么都不能只看表面现象，决不能看他（她）穿了一件美丽的花衣裳，或者说满口腻得流油的阿谀话，就认定他（她）的心灵也像鲜花一样美，看鸟与看人，同理。

燕子的叫声也好听，“啾啾啾”的，古人因此称之为“啁啾”，古诗中提到它们的也很多。不过北京燕子的最美画面不在协和大院，而是在正阳门箭楼，也就是前门楼子。老北京人都知道，夕阳西下时，正阳门的景色甚是壮美：蓝莹莹的天，一座被晚霞晕染得流光溢彩的高大门楼，大群大群“啁啾”着飞过来飞过去的燕子……那幅壮美的图画，简直都能把人的心美化了。顺便说一句，正阳门是北京最大的城门，正阳门箭楼是北京最高大的箭楼，从它建成的那天起，一直是老北京的象征。

灰喜鹊的外形跟黑白喜鹊有点像，但身上的“衣裳”不同。灰喜鹊长得不难看，甚至还可以说有点儿漂亮：黑头黑喙，小脸嫩白，翠蓝色的身上披着一件浅灰色的“小坎肩”，下面拖着一条长长的深灰色大尾巴，在树上栖息的时候，宛若坐在龙庭上的帝王。我每次看到它们这种高贵的姿态，都有一种想画下来的冲动。

但是，它们可万万不能开口，因为它们的叫声实在是太难听了，“嘎——嘎——嘎！！！”的，又不像鸭“嘎”得那么清清亮亮和正大光明，而是压着嗓子，憋着闷气，像是积了多少年的仇怨，刻毒地从胸腔里挤出来，听着真叫人从心里往外不舒服。很多时候，这叫声让我联想到大院里的一位长舌妇“三脚鸡”。伊虽然也是干部，却连家庭妇女都不如，整天揣着一肚子怨毒在大院里溜达，碰上谁就趋过去搭茬儿，追着探问人家的隐私，然后牢记在心里，伺机下手，陷害一下。在人类社会中，确实有这么一种整天盯着别人的小人，他们对别人的兴趣远远超过自身，唯恐别人过得舒心，那是他们非常痛苦的事。我真的是不能理解他们，想不透他们想要的到底是什么。反正大院里的人，都像讨厌听灰喜鹊的叫声一样，厌恶跟“三脚鸡”说话，一见到她的身影就赶紧闪人。不过伊不以为耻，反而转换了另一种“迂回战术”，通过接近各家保姆来打探其主家的隐私，何其可怕也！

我于鸟类学真是无知，不知道啄木鸟会不会发出叫声，但我听过它们啄木头的声音，“磕、磕、磕、磕、磕、磕……”敲梆子似的一串连音响过，之后还有余音。小时候读童话书，啄木鸟的身份是“大叔”，便以为它有多大个儿，起码也得像老鹰那么高大吧？谁想，直到多年后，我都长成大人了，才在某一天的某一刻，在开着的窗子前，突然听到一阵

“磕、磕、磕、磕、磕、磕”的声音。我抬头一看，有一只比鸽子还小一些的瘦鸟，正在外面的大槐树干上坐着呢。它有着长长的喙；身上的羽毛是花的，有白色、橘色、黑色，自然流畅地组合在一起；还有一顶红冠子，随着它转动身体，美丽的图案不停地转换。一道灵感的亮光突然划过我的脑际，啊！这就是传说中的啄木鸟吧？这只啄木鸟的家似乎就安在我们大院里。此后，我又看见它好几次，它每次都是在用力地“磕、磕、磕、磕、磕、磕”。我不由得又想起小时候的童话书，那上面说，在树林里，啄木鸟大叔是最勤快的“劳动模范”。

布谷鸟是中国传统诗词里常见的鸟儿，但一般不直接写作“布谷鸟”，而是写作“杜鹃”“子规”“杜宇”等，为什么？

典故出自《蜀王本纪》。约在公元前666年，望帝杜宇称王于蜀地。后来，他认为宰相鳖灵的能力比自己强，把国家交给鳖灵打理将会是万民之福，就主动禅位，自己去了西山隐居修道。谁知鳖灵坐上王位之后，不仅把国家治理得乱七八糟，还霸占了望帝的妻子和女儿。望帝心急如焚地赶回都城，想劝告鳖灵回心转意，但城门紧闭，根本不让他进城。望帝只得郁郁寡欢地回到西山，日夜掩泪痛哭，不久就因伤心过度断了气。死后的望帝化作一只杜鹃鸟，望着远处的都城哀声啼鸣，昼夜不止，发出的声音极其哀切，所以叫“杜鹃啼归”，简称“子规”。它甚至常常啼出红红的鲜血来，滴到大地上，化作一片片杜鹃花……还有另一个传说版本：也是在古代蜀国，国王杜宇勤勉治国，爱民如子，常常跟老百姓一起下田劳作。他死后仍然心系百姓，变为一只杜鹃鸟，每到春季便叫人们“布谷！布谷！布谷！”。他啼得嘴里流出鲜血，染红了漫山的杜鹃花……这两个传说共同阐释了成语“子规啼血”的来历。

悲剧性题材本是文学的热门题材，故此古往今来，有关“子规啼血”的诗词数不胜数，比如王维的“万壑树参天，千山响杜鹃”；李白的“又闻子规啼夜月，愁空山”；李商隐的“庄生晓梦迷蝴蝶，望帝春心托杜鹃”；苏轼的“萧萧暮雨子规啼”；秦观的“杜鹃声里斜阳暮”；文天祥的“从今别却江南路，化作啼鹃带血归”……

布谷鸟的叫声很大，有时在屋子里安静读书，便能听见它的叫声一声声地从外面传来，其音急急，其情切切，直催得人放下书，走到窗前张望。但可惜，它总是藏身在白云生处，只能闻其声，不得见其影。我也曾多少次在大院里蹀躞，想与它们碰个面，哪怕只交流一个眼神也好，哀乎哉，直到今日，没有缘分得见它们的真容。

小时候在大院里疯玩时，常常突然被一个急促的声音提醒：“快看，老鹰！”男孩、女孩们便一起停下手里的活计，抬头去寻找老鹰。就见当空有个矫健的“一”字，忽上忽下，忽远忽近，翱翔在蓝色的高天上，自由自在，相当傲然，便把我们一帮孩子羡慕得纷纷乱喊：“大老雕！大老雕！”

其实，老鹰与老雕还是有区别的：老鹰叫鸢，一般捕食兔子、田鼠、小鸡等小型动物。有个著名的儿童游戏“老鹰捉小鸡”即为印证，不然它为什么不叫“老鹰捉母鸡”或“老鹰捉雄鸡”呢？老雕是比老鹰还要大而凶悍的猛禽，是人们心目中真正的“雄鹰”，它们甚至能猎取鹿、山羊、狐狸等比它们自身的体型更大更重的兽类，堪称真正的“空中霸王”。

一般我们在城市里看到的，都是老鹰而非老雕，可是，大院孩子都爱管老鹰叫“大老雕”。可惜，现在已经看不见了，大老雕们都飞走了！

没飞走的、最常见到的是这三种鸟：麻雀、乌鸦和鸽子。不知道它们是在忍辱负重地坚守阵地，还是在厚颜无耻地苟且偷生？

麻雀曾多次遭受过灭顶之灾，一度与老鼠、苍蝇、蚊子一同被统称为“四害”，罪名是与老百姓争食——因其吃掉大量粮食，人们欲除之后快。但现在

近现代　黄胄　《群雀图》

麻雀已成为国家“三有”保护动物。印象深刻的是一个光秃秃的冬日，我在大院的石板甬道上走着，忽然飞来一只小麻雀，就落在我面前的地上。我一看，不由得“扑哧”一声笑了，问它说：“小东西，你怎么这么脏啊？”一冬天没下雨雪，它就跟一颗小黑煤球似的，身上的羽毛几乎看不出原来的色儿来了，还又小又瘦，也真是可怜！

乌鸦不招人待见，不在于它们是益鸟还是害鸟，而在于它们长得太难看，叫声又难听，有时候你正好好走着路，它不远不近地突然在你脑袋顶上怪叫几声“啊！啊？啊——”，能把你吓一个激灵。说来特别奇怪，很多鸟都“啊”，很多走兽也“啊”，可谁都没有乌鸦那一声声怪叫瘆人——乌鸦的“啊”是明显带着丧气的，立刻就能使人联想到黑色、阴暗、肮脏、祸端、不祥……用北京话说，它们就是“丧梆子”，谁遇见谁倒霉。尤其是在暮色苍茫的傍晚时分，它们会成群成群地、成大群成大群地在半空盘旋，一边不停地、蛮不讲理地、混不吝地“啊！啊？啊——”。此刻，再好脾气的人也会加快脚步，缩起头，想要赶紧离开那是非之地——对啦，就是“是非”二字：比起猫头鹰是凶枭，乌鸦还不是黑老大，也就算是个“小人”吧。不过，小人不可得罪，他们比真正的敌人还可怕，你若不小心得罪了小人，得，大祸来了，他们会片刻也不放松地纠缠你，死缠烂打，没完没了，咱们干正经事的人可真没工夫陪啊！

现在的鸽子似乎只剩下了圆滚滚、胖乎乎的形象，加上饭店里动不动就“烤乳鸽”，仿佛它们仅仅是美味佳肴。过去，鸽子可不是这样的，它们与人类相伴已经有上千年历史了。《圣经》里有诺亚与和平鸽的故事：诺亚方舟停靠在亚拉腊山边。很多天以后，诺亚把一只鸽子放出去，要它去看看地上的水退了没有。由于遍地是水，鸽子找不到落脚之处，只好飞回方舟。七天后诺亚又放鸽子出去查看。黄昏时分，鸽子飞回来了，嘴里衔着橄榄叶，很明显是从树上啄下来的。诺亚由此判断，地上的水已经消退。后世的人们就用鸽子衔橄榄枝来象征和平。在后来的漫长岁月里，鸽子曾长时间被人类派出承担通信任务，屡立奇功。中国也是养鸽古国，隋唐时期在广州等地，已开始用鸽子通信……

不过现在，科技越来越发达，人类的通信不再需要鸽子，于是它们只剩下两个功能：卖萌和被吃。嘀，忘恩负义的人类哦，在太平盛世时，鸽子是我们观赏的宠物；一旦“禽流感”来了，我们就避之不及！

2018 年 2 月 16 日初稿，2018 年 2 月 17 日定稿

虫虫虫

在我的少年时代，协和大院里最迷人的，还属千花万草之间、浓密树叶里面、墙角泥土深处隐藏着的各种小生灵。

那时，一到夏天，尤其是快要天黑的傍晚，晚霞红光灼灼地映亮了天上地下的整个世界之时，蜻蜓们便在我们眼前飞舞起来。年份越早，蜻蜓越多。它们轻轻盈盈地在天空中溜着冰，跳着舞，最后，大大咧咧地落在小树枝上、花瓣上、草叶上，甚至飞过来落在小洋楼的纱窗上。此时，只要蹑手蹑脚走上前，用两根手指一捏它的翅膀，它就是我们的俘虏了。轻捏着它的小身子，让那一对薄薄的翅膀像滑翔机一样展开，它的大眼睛便咕噜噜地转，小细爪子不停地挠动，有时还把肚子弯成钩状，不知是抗议被抓，还是表达失去自由的疼痛?

网上查到的资料显示，目前世界上已发现了几千种蜻蜓，比如异色多纹蜻、低斑蜻、白尾灰蜻、线痣灰蜻、异色灰蜻、黄蜻、红蜻、玉带蜻、黑丽翅蜻、北京大蜓、北京弓蜻等。可惜我只知道4种，其中最普通的叫“红果”，个子中等，全身呈浅红颜色。还有一种叫“黄果”，顾名思义，它的身体是黄色的。我们孩子最稀罕的是“老杆儿”(雄性)和“老籽儿”(雌性)。它们的学名叫“碧伟蜓”，个子比一般的蜻蜓大，身体呈绿黑色，像一架小直升机，灵敏度和警惕性极高，不容易逮，一般只有男生才能逮着它们。有一次，我突然发现一只“大老杆儿”飞了过来并落在我面前的小树枝上，心里又惊又喜，就轻手轻脚地去逮。正在此时，大院男孩儿里的“淘气包”高某某也看见了，但他在我身后好几步远，就小声嚷着让我别动。我没听，依然走上前去，但就在我张着手快接近它时，它却警觉地飞走了。身后的高某某实在是气极了，过来就给了我一拳，好疼啊！所以我到今天还记得。

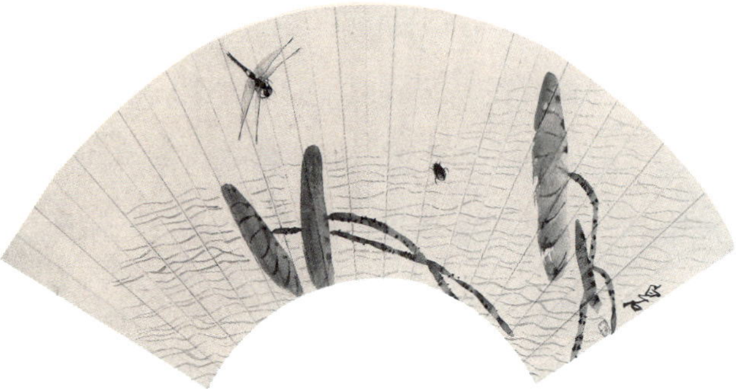

近现代　齐白石　《蜻蜓荷花》

后来随着时光一天天逝去，我们长大一些了，逐渐知道蜻蜓是益虫，就不再逮它们了，甚至有时看见它们傻傻地落在触手可及的花叶上，还要去摇摇花叶，叫它们高飞，免得遭受伤害。如果有外院的孩子来逮它们，就赶快去告诉传达室的爷爷，把他们赶走。可惜现在，蜻蜓越来越少了，连普通的“红果”“黄果”都难以见到了，更何况“大老杆儿”！

树上的蝉也是我们一天到晚都想得到的宝贝，但大院孩子都不叫它们“蝉”，也不称“知了”，而是叫“季鸟儿”——大概北京的孩子都管它们叫“季鸟儿”吧。多么形象、生动的名字，它们真的就是一季的“鸟儿”呀！它们的一生经过卵、若虫、成虫三个阶段：每到夏天，先前产下的受精卵会孵化成幼虫，钻入土壤中，以植物根茎的汁液为食。等若虫长大后，爬到地面上，蜕去黄澄澄的外壳，就羽化成有翅膀的蝉儿，飞到高树上去鸣叫啦。孩子的阶段与成人的就是不一样，那时听惯了季鸟儿叫，一点儿也不觉得吵，也不烦，相反，它们突然在窗外叫起来的时候，还会兴奋地昂头去找，真希望能逮到一只，放到家里让它叫。我记得有两三次，真看到它们像一枚小炮弹似的，“腾”地从树叶间弹射而起，由一棵树弹到另一棵树上。可是我从来没逮着过它们，逮季鸟儿那可是男孩子们的绝招儿。他们在长长的竹竿头上绑上一根小细棍儿，抹上用猴皮筋儿熬制的胶，然后挥舞着竹竿，炫耀地从我们面前走过，身上的小网兜里装着他们的战利品，有时那些季鸟儿还特给力地叫上一声。

我很早就知道季鸟儿是害虫，每当它们渴了、饿了，就用自己坚硬的口器插入树干，吸吮汁液，把大量的营养与水分吸入身体，用来延长自己的寿命。因此我们逮季鸟儿都逮得理直气壮，一点儿也没有负罪感。我直到今天读了相关的书籍，才知道只有雄蝉会鸣叫，它的发音器在腹基部，其构造像蒙上了一层鼓膜的大鼓，鼓膜受到振动而发出声音。由于鸣肌每秒能伸缩约 1 万次，盖板和鼓膜之间是空的，能起到共鸣的作用，所以其鸣叫声特别响亮。它们还能轮流用各种不同的声调，激昂地唱出不同的歌曲。雄蝉的鸣叫声主要有三种：一是为引诱雌蝉来交配的求偶声；二是集合声，受每日天气变化与其他雄蝉的鸣叫声影响；三是被捉住或受惊飞走时的吼声。但好玩的是，雄蝉只会叫，听不见；雌蝉不会叫，只会听。你看，大自然是多么高明的设计师啊！

你知道世界上有多少种季鸟儿吗？说出来让你大吃一惊，居然已知的就有 3000 种左右！因此，它们的名字也特别多。古人对蝉的称呼有：蜩、蜺、蝺、蛹、蜯、蠽、丕蜩、茅蜩、秋蜩、蚱蝉、寒蜩、寒蜇、螂蜩、蜻蜻、蜓蛛、螗蜩、蟪蛄、螗蛦、马蜩、蟔蟟……哎哟，有些字，连我这个学中文的都是第一次看到，不认识，念不出发音。还有，虽然它们现在被视为害虫，但中国古人认为它们栖息于高处，餐风饮露，生性高洁，故对它们颇有偏爱。很多古诗写到了它们，其中最有名的有三首，都是唐代大诗人写的：

蝉

虞世南

垂緌饮清露，流响出疏桐。

居高声自远，非是藉秋风。

在狱咏蝉

骆宾王

西陆蝉声唱，南冠客思深。

不堪玄鬓影，来对白头吟。

露重飞难进，风多响易沉。

无人信高洁，谁为表予心。

蝉

李商隐

本以高难饱，徒劳恨费声。

五更疏欲断，一树碧无情。

薄宦梗犹泛，故园芜已平。

烦君最相警，我亦举家清。

文学史上有人评价，虞世南的“居高声自远，非是藉秋风”是清高人语，骆宾王的“露重飞难进，风多响易沉”是患难人语，李商隐的“本以高难饱，徒劳恨费声”是牢骚人语。

从前我以为“蚂蚱”和“蚱蜢”是同一种昆虫，后来才知道“蚂蚱”就是我们平时说的蝗虫，平头圆脑袋的那种，而“蚱蜢”是我们俗称的“呱嗒扁儿”，长身子，尖头，上面有两个尖角的须须。论地面上的活物，蚂蚱与蚱蜢这两种是我小时候见得最多、捉得最多的昆虫，因而也是最熟悉的朋友。

刚搬到协和大院那会儿，草木多，人少，所以蚂蚱特别多，个头儿还大，稍不留神就飞到脚面上来了，对了，它们带翅膀，会飞。有两种颜色，绿的和土黄色；两种个头儿，大的能有大人的食指那么大，小的有半个小指头尖儿大。我当然喜欢大个儿的、绿色的，其他孩子也是一样。有的还在蚂蚱上拴根粗一点的棉线，遛蚂蚱玩。它们也不难逮，你只要看着它们双腿一蹬，“噗”地一跳，你跟过去拿手一扑，就有了。捉在手里，给它掐个草叶儿送到嘴前，它便凶狠地咬住，不撒口，那样子还蛮吓人的。而呱嗒扁儿就温顺多了，拿在手里，一般不拼命反抗。捏住它的双腿末端，它就会僵住上身，一伸一屈地蹬腿，使得身体呈 90 度上下晃悠，十分有趣。这一“绝技”，蚂蚱就不会。呱嗒扁儿的学名叫“中华剑角蝗”，飞起来能发出“呱嗒”“呱嗒”的声音，所以才得了这么个别名。在大院里，呱嗒扁儿比蚂蚱少，依据“物以稀为贵”的原则，身份就比蚂蚱金贵些。我不知道

近现代　齐白石　《丝瓜蚂蚱》

它容不容易形成“蝗灾”。

记得特别清楚的是，七八岁时，有一天我放学回家，发现大院里的蚂蚱特别多，在地上蹦来蹦去，竟然还有两只落在纱门上。这可把我乐坏了，我逮了好几只大个儿的，拿回家玩儿。奶奶看见了，叹了一口气，说：“又不（知）道哪儿闹蝗灾了。”果然，第二天我听小同学说，最厉害的地方，警察竟然拿着大簸箕在大街上扫那些蝗虫！说来，那时我一个城里的小屁孩儿，真的是“四体不勤，五谷不分”，哪知道蝗灾的厉害？后来读到普希金的诗《蝗虫》：“蝗虫飞呀飞，飞来就落定。落定一切都吃光，从此飞走无音讯。”我心里有所动。据说这首诗是普希金向敖德萨总督提交的“蝗灾报告”。对于普希金这样写出《致大海》《假如生活欺骗了你》《致西伯利亚的囚徒》等杰作的伟大诗人来说，这首《蝗虫》诗语言通俗直白，起初我都不相信是他的作品，直到看了背景介绍才明白，这也算是表达诗人心境的另一种作品吧。

有一回在山东，吃饭时的一道菜，居然是炸蚂蚱。主人还将之作为珍肴，一而再再而三地盛情邀请客人们“尝尝高蛋白”。我知道有些山东人爱吃昆虫，以前就见他们吃过蝎子、蚕蛹、蝉蛹等。一方水土养一方人，哈哈，不知山东人的豪爽里面是否有这些“高蛋白”的贡献？

北京孩子管螳螂叫“刀郎”，我见过的螳螂大多都是青绿色的。有时候，它们会从草丛里面钻出来，样子很萌，煞有介事地双目圆睁，朝你举着大刀，一副天不怕地不怕的表情。可是它们拖着肥胖的大肚子，一边举刀，一边沉思，倒把它们的游移不定表露得纤毫毕现，让人哈哈一笑，捉住它们了事。不过它们毕竟是“好汉”，你别以为这时你就赢定了，不，你一个不注意，它们的大刀就到了，能一下子把你的手指割出血，它们可就趁机“得胜回朝”了。

蟋蟀是蟋蟀，油葫芦是油葫芦，两种小虫长得差不多，可是“社会地位”差远了。记得小时候在大院里，两个男孩儿趴在草地上斗嘴，一个贬低另一个，轻蔑地说：“你那个哪儿是蛐蛐儿呀？那是油葫芦，喊，不值钱！”最后那个“芦”字，在他嘴里，不发第二声“lú”音，也非轻声，而是发成第三声“lǔ”，而且还用重音，还要拐上一个弯儿，以示强调。那是我第一次听到“油葫芦”这个名字，又因为他如此之蔑视，所以就记住了。

他俩弄得浑身都是土，原来是在捉蟋蟀。北京人管蟋蟀不叫“蟋蟀”，而是叫“蛐蛐”，连盛它们的罐子都跟着叫“蛐蛐罐”，这是因为这种小虫能发出“瞿瞿瞿”的叫声。严格说起来，那不是蛐蛐在叫，而是它们摩擦翅膀发出的声音：在雄蛐蛐右前翅上，有一个像锉一样的短刺；左前翅上，长有像刀一样的硬棘；左右前翅举起，相互摩擦，就发出“瞿瞿瞿”的悦耳动听的声响，让人以为它们在唱歌。这些声响有不同的音调和频率，表达着不同的意思。比如在夜晚，蛐蛐大声地发出长节奏的鸣响，既是警告别的同性禁止进入它的领域，也是求偶的歌唱；而当有同性来犯，它便改为威严而急促的短鸣，以示严正警告。

蛐蛐好斗，有些人就利用这个特点，让它们互殴，给自己找乐子。据考证，这从唐代就开始了，还有名称，叫“斗蛐蛐”，亦称“秋兴”“斗促织”。此后千余年间，最爱斗蛐蛐的是宋代和清代，朝野大兴斗蟋蟀之风，甚至有官宦富商将万金之资付于一斗。据说，甚至还形成了三种境界：第一种叫“留意于物”，最典型的代表是南宋宰相贾似道，竟然因玩虫而误国；第二种称“以娱为赌”，把斗蟋蟀作为一种赌博手段；第三种是“寓意于物”，境界最高，能达到此境界的多为文人雅士。直到今天，还有不少人乐此不疲。

对小孩子们来说，捉蛐蛐乃天性，当然不涉及赌钱，但输了，也很可能被小伙伴“讹”去一个心爱之物，比如一根冰棍或一个弹球什么的。这一般都是男孩子玩的玩意儿，我们大多数小女生不敢把那小虫子抓在手里，一是因为它们长得丑，土黄色，土里土气的；二是它们爬得太快了，我们害怕它们钻到衣服里面去。

蝈蝈也不少见，但大院里基本没有，都是快秋天的时候，有人推着自行车，上面拴着高高摞起的一大堆小笼子，带着“嚯——嚯——嚯——”的此起彼伏的叫声，来叫卖蝈蝈。和卖别的不同，他也不用吆喝，蝈蝈们自己就喊了：“谁把我买走？ 5 分钱一个！”现在早市上偶尔还有卖的，但是得涨到 10 块钱一个了吧。哎哟，不过我还真不清楚现在的价格。

小时候，奶奶也给我们买过蝈蝈。她拿回家来，叫我们去摘一朵不结果的老窝瓜小花，插进小笼子的眼儿里，说是蝈蝈爱吃，然后就把蝈蝈笼挂在窗户框上。这可把我们高兴坏了，我们一会儿就去偷偷看上一眼，过一会儿再去偷看一眼，直到发现蝈蝈爬到花上了，便兴高采烈地跑去报告：“爬上去了，蝈蝈吃花了！”待大肚子蝈蝈吃饱喝足了，情绪高涨了，便开始唱歌：“嚁——嚁——嚁——嚁——嚁——”嘿，歌声嘹亮，高亢动听，连白云都听得呆了，驻足不走了……

我们大院里有一株高大的椿树，得有二三十米高，两个大孩子都合抱不过来。椿树对我们有特殊的吸引力，是因为夏天时，树干上经常会有两种叫“大姐”的虫子——为什么会叫“大姐”呢？我至今也不明白。按理说在人世间，“大姐”的称谓一般都是褒义的呀。

第一种叫“臭大姐”，指甲盖大小，黑色身子，冷不丁就飞过来了，落到人眼前，可是千万不能打，因为它会释放一种臭气，非常臭，久久不散。“臭大姐”属于惹不起的“地痞流氓”。它的中文学名叫“椿象”，别称“臭腥龟仔”，因体后有一个臭腺开口，遇到敌人时就放出臭气，俗称“臭屁虫”。据说世界上已发现几万种椿象，多数是害虫，而且居然有针对性地对农作物、果树等加以祸害。比如，有主要危害水稻的稻黑蝽、稻褐蝽、稻绿蝽等，有主要危害果树的荔蝽、硕蝽、麻皮蝽等，有主要危害蔬菜的菜蝽、短角瓜蝽、细角瓜蝽等，只有一小部分以猎捕软体昆虫为食的是益虫。此外，还有一种名叫“瓜黑蝽”的可以做成名贵药材。李时珍在《本草纲目》中将其称为“九香虫”，说制成药材之后，具有很好的保健作用。这在当代就必然引来“吃货”了，一盘炒瓜黑蝽要价数百元，紧接着就会有人专门养殖瓜黑蝽，当作食材卖。暴利行当啊！当然，这是当年的我们万万想象不到的。当年的我们只知道，可以在爹妈面前撒娇，可以在哥姐面前耍赖，可以在小朋友面前“臭讹”，但绝对不能在“臭大姐”面前任性。

第二种叫“花大姐”，也是飞虫。它们居然有一个颇有学问的学名，叫“斑衣蜡蝉”。成年后的“花大姐”约有成人的小拇指上端那么大，停在树上时全身灰褐色，毫不起眼，被北京人形象地称为“灰蛾子”。可一旦张开翅膀，第二层翅翼竟露出一片鲜艳的大红色，上面点缀着黑色斑点，边缘还嵌着一抹翠蓝，在阳光下格外夺目。不过我们小孩子对这些漠不关心，也不碰它们。让我们大感兴趣的是它们的若虫“小象”——我们常称某些蜡蝉的若虫为“小象”。那时我真不知道“小象”就是花大姐小时候，还以为它们是另一种爬虫。“小象”比蜜蜂还小一点儿，细瘦，浑身上下有黑白碎点儿，有一个像管子般的尖鼻子，长得的确很像浓缩型的大象。它们在树干上缓缓挪动，仔细些就能看见。它们很容易捉，而且很温顺，女孩子们也不怕。放在手心里，起初它们会装死不动，过一会儿看看没什么动静了，就一下子弓起身子快速爬行，企图逃走。大孩子说它们是害虫，用那管子似的长鼻子吸吮树汁，大树就会被吸干，然后枯死。对此我表示出一小点儿怀疑：一是它们的体量那么小，吸多少树汁才能把那么粗壮高大的树吸死？二是这么多年了，不仅没见大树被吸死，反而越长越高、越粗、越壮，可见迷你的小象根本没什么杀伤力。不知为什么，老让我想起一句诗“蚍蜉撼树谈何易”——当时，大人孩子都会背“小小寰球，有几个苍蝇碰壁，嗡嗡叫……”

我小时候挺喜欢天牛的，也敢抓，并且拎着它们的两条“大辫子”玩。因为它们长得不难看：黑色油亮的小身子上面有漂亮的小白斑点；头顶上那两条“大辫子”上有一截黑一截白的美丽图案，一动就一摇一晃的，像极了穆桂英挂帅的那两条大翎子。天牛不鬼鬼祟祟，不像蟑螂那样见人就抱头鼠窜，而是大模大样地守护着它们自己的领地。

其实天牛挺凶的，有一张类似铁钳形的嘴巴，你把一片树叶放到它嘴前，立刻就能被咬烂。看着它那穷凶极恶的样子，你心里还真生出些许忌惮。但它实在是很好玩，比如当你抓住它时，它会愤怒地发出“嘎吱嘎吱”的声响，拼命挣扎，企图逃走。男孩子们抓到天牛，玩法特别多，例如天牛赛跑、天牛拉车、天牛钓鱼、天牛赛叫等。比起充斥市场的电动玩具来，玩这种活物自然有趣得多。比如“天牛赛跑”，就是用一根根细棉线把一只只天牛拴起来，然后把线拴在一起，放开手，天牛们就会向不同方向角力，结果谁也拉不动谁，就在原地团团打转，急得如热锅上的蚂蚁。再比如“天牛钓鱼”，方法是端来一盆水，将一个系着细线的鱼形小片绑在天牛的触角上，再将天牛置于一根浮在水面的小木条上；天牛四周环水，局促不安，就频频挥动触角，拉动细线，看起来像在钓鱼，而鱼形小片若离了水，就算钓鱼成功。有时候还把两只天牛放在一起比赛，以先钓起者为胜，各自的主人给各自的天牛加油，还蛮紧张的呢。

据说，天牛最喜欢待在枫树上，因为枫树汁含

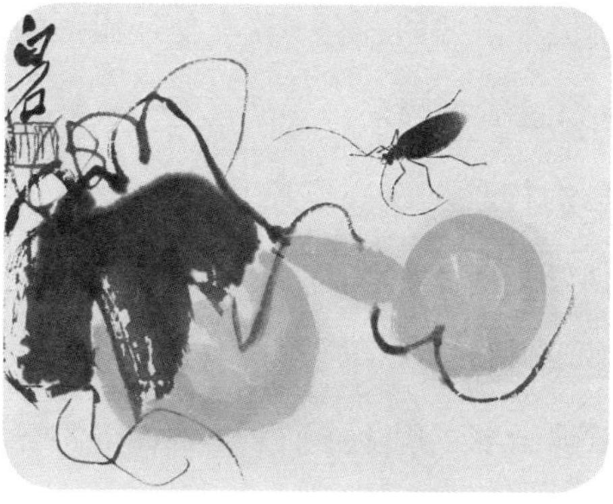

近现代　齐白石　《葫芦天牛》

糖量高。它们喜食枫树的嫩叶、枝条和树皮，还在树干上打洞产卵，对树木生长损害很大，是害虫。大院里只有一株枫树，在 42 号楼前，它分叉生长，树干不是很粗，便于攀爬。男孩子们经常在这株枫树上爬上爬下，捉到了天牛就拿着他们的战利品炫耀。我小时候跳过墙头、上过房，但还没淘气到爬过树。有一次，我从那株枫树下走过，刚好看到一只天牛趴在矮矮的树干上，就顺手把它抓住了。

42 号楼原来住的是中国第一代著名病理学家胡正详教授一家。这位学界“大神”级人物，曾主持过孙中山先生的病理解刨工作。他和夫人都特别喜欢孩子，经常允许大院孩子们去他家看电视，有空时还陪看，边陪边讲解。一旦发现有孩子爬上枫树，便惊呼一声“小心”，赶紧用双手抱下来。现在，42 号楼前的那株老枫树还在，年年春抽青芽，秋落红叶，只是不知道上面还有没有天牛了。

大院里的昆虫还多着呢。比如瓢虫，几乎任何时候都能在院子里发现它们，有黄色的、橘色的、红色的、米色的、枣色的、黑色的……身上一般都有斑点，有的 2 个、7 个、9 个、12 个、28 个……据说，全世界有 5000 多种瓢虫呢，中国有将近 400 种。以我可怜的知识，只知道“七星瓢虫”是益虫，而“二十八星瓢虫”是害虫。有时我也会把它们放在手心里玩一玩。

大院里还有蜘蛛。全世界的蜘蛛居然有四五万种，中国已记录的有五六千种。人们普遍认为蜘蛛是一种昆虫，但实际上，它们与蝎子、蜈蚣一样，都不属于昆虫，而属于节肢动物门下的不同类别。小时候，家里出现蜘蛛，奶奶都不让孩子打扰它们，说是“喜蛛”报喜来了。典籍中早有印证，陆玑《诗疏》载：“喜子（喜蛛）一名‘长脚’，荆州河内人谓之‘喜母’，此虫来著人衣，当有亲客至，有喜也。”就是说，荆州那地方的人认为喜蛛代表吉祥，喜蛛落下象征着“喜从天降”。在中国北方农村也有此说法：平时住在房角的一种小蜘蛛高悬在头顶，一旦它们落下来，从人的眼前跑过，人们就认为家里将会有客人来。就像喜鹊一样，跑到谁家门口的树上叫，就预示着那家将有客人来……

我不怕蜘蛛，也不伤害它们。可是不知为什么，我女儿向来天不怕地不怕，唯独对蜘蛛有种刻在骨子里的恐惧。我最怕的是壁虎，北京人称“歇了虎子”。每年春夏一旦发现它们出现，我就开始天天生活在恐惧中，晚上几乎不敢出门。这心理阴影一直持续到现在，一把年纪了，还是怕，真怕！20世纪90年代末，我跟着中国作家代表团访问缅甸。启程时我特别高兴，但到那里的第一天就恨不得立刻打道回府，因为缅甸处于热带，生态环境又好，到处都是壁虎，大的能有一尺多长，连房间里都有——你洗个手吧，它“嗖”地钻出来了！你刷个牙吧，它“嗖”地又跑过去了！半夜，本来我就紧张得睡不着，不料黑漆漆中，它们竟然又来了，还嘹亮地唱起歌来，声音大如鸟叫，特别瘆人，把我吓得头皮一阵又一阵发麻……可是说来也怪，我女儿却不怕壁虎，就像我好奇地问她“蜘蛛有什么可怕的”一样，她也不明白壁虎有什么可怕的。

2018年2月28日

热带鱼昔今

20 世纪 60 年代末，北京人中兴起一股养热带鱼的风气。其普及程度就像今日的呼啦圈，几乎每个有孩子的家庭，屋里都摆着一两缸鱼。

说是“缸”，有点名不副实。那时生活还普遍贫困，家家那点工资都是一分钱掰成两半花，所以所谓“缸”，只不过是把不知道从哪里寻来的几根铝带，用铆钉一铆，再买一毛钱腻子，往玻璃上一抹就完了。那鱼缸小得可怜，还没有 16 开的杂志大，多亏养的是小型热带鱼，不然它们在里面都转悠不开。最棘手的是热带鱼怕冷，必须有加热器。那玩意儿比鱼缸还贵，对于当时每月只领 15 元生活费的父亲，我们无论如何也开不了口。还是我 13 岁的哥哥有办法，花一块多钱买了一根试管，还有电阻、石英砂什么的，自制了一个加热器，居然也帮助热带鱼安然过了冬。至于鱼的吃食，全是靠哥哥步行到护城河边挖线虫来维持。有一回，他生病了，我代替他去过一次，走了将近一个小时才到，腿都酸了。

就这么穷了巴叽的，您想我们能养什么好鱼？也就是孔雀、黑玛丽、红箭，最普通最不值钱的三种。记得当时也听说过神仙、白兔、斑马等品种，但是都没见过，令人心驰神往。

不料前几天到一位朋友家去，迎面一座大鱼缸闯入视线，有半个书柜大，里面一群群七彩缤纷的小鱼在穿梭游弋，不是热带鱼是什么？可惜我只认识我少年时代的那三种老朋友，余下的，听主人一一报出名字：神仙、红绿灯、白兔、斑马、银鲨、白箭、吻嘴、蓝宝石、地图、珍珠……主人每报出一个，我便在心里惊呼一声——没想到，孩提时代视若神明的那些鱼儿，今天竟在这里得见风采。

我一个月前来这里，还没有这座小山似的大鱼缸。问起，答曰："上星期刚买回来的。现在开鱼市了，买的人那叫一个多。回头你也买一缸去？"

我赶紧摆手："我可没时间伺候。"

朋友说："你那观念也太陈旧了。你以为现儿今养鱼，还跟咱们小时候那么穷折腾哪？"

说着，他按下第一个按键，缸里立即"咕嘟咕嘟"地冒出一串气泡："这是给鱼加氧气。"又按下第二个按键："这是吸脏东西。"第三个按键是净化自来水，第四个是换水，第五个是恒温……就连鱼吃的线虫也准备好了，一块钱一份，可以喂一个礼拜。朋友说："现在养鱼早现代化了，什么都给你准备好了，你只管静心欣赏便是，何乐而不为呢？"

我惊讶得目瞪口呆，心想现在可真是高科技时代了。朋友趁机鼓动我："怎么样，拍出200块钱，我陪你去鱼市上走一圈儿？"

也许真该跟他走一圈儿？

1992年5月2日

女作家唐敏和她的猫

1999年11月的一个晚上，8点多钟，我和女儿正在灯下“用功”，电话铃突然“哇”了起来。

起身去接，那边传来窸窸窣窣的声音，半天没有话语、惊问，急问，这才听见一个极其微弱的声音：“小蕙，我是唐敏。”我高兴地提高了嗓门，不料，话筒那边竟传来啜泣声。我慌了，一叠声问：“怎么了？怎么了？”半天，唐敏才控制住自己的情绪，呜咽着告诉我：“张来福死了。”说罢又忍不住哭起来……

张来福是唐敏养的波斯猫，因长得像电视剧《春去春又回》里面的人物而得名。唐敏爱猫不仅是痴迷，简直达到登峰造极的地步，可以说她是我所看到的最爱猫的女人。早些年，她从一篇文章里看到我和女儿都爱猫，高兴坏了，竟然花了半天时间转遍大半个福州城，终于买到一只既像猫又像熊的家伙，塞进一只大纸箱里，千里迢迢寄到北京，说是送给小小蕙的礼物。但我理解，这是表示对猫咪的共同喜爱，也是把我们视为爱猫族同好的一种亲切的认同。

那时唐敏因《天姥山妖氛》文章冤案，刚刚度过牢狱之灾，就在家里领养了张来福。不久，我们接到她寄来的第一封描画张来福的信，信中给小小蕙讲这只猫咪的跌宕起伏的故事。之所以用“描画”一词，是因为该信既有大段的文字描写，又有多幅自绘的彩色水笔插图（唐敏少年时曾习绘画，童子功相当不错），文字和插图都生动诙谐，非常吸引人！下面我就摘录几段：

> 张来福是一只白猫，天蓝色的眼睛，在黑暗中，瞳孔发出红宝石的亮光，非常可爱，也非常可怕（因为一般的猫眼发绿光），这样的猫眼很少见的呢。这只猫有波斯猫的血统，据说阿拉伯地方的魔鬼也是红眼睛的。

张来福每天和我睡一个房间，它一个猫睡一张大床，我睡小床。要是天冷，它就到小床上来取暖。它喜欢听音乐，看电视的武打片，特别爱看动画片《猫和老鼠》。一播新闻，它就跑掉了。

张来福是个爱打架的小公猫，它善于拳击，出拳迅速，家里来一个客人它就打一个，英勇无比，绝不认输，人见人“怕”，每个客人都和张来福打架，高兴得合不拢嘴。

张来福的智商很高，它小时候吃油炸鱼头拉了肚，至今它就不碰油炸的任何食物。另外，它对调味品也很讲究，坚持粤菜和闽菜菜系的吃法，因为在这两个菜系中，鱼大部分是清蒸白氽着吃的，讲究吃鱼的鲜美的原味，不被各种佐料弄得风味全失，张来福就喜欢这样吃。

这样生动的故事，再配上惟妙惟肖的漫画插图，既把 9 岁的小小蕙迷住了，也把我迷住了，还把我父母迷住了。那段日子里，我们全家的一个热门话题，就是远在福州的那只可爱的张来福。唐敏一共写来 4 封专门描画张来福的信，有 2 万多字，30 多幅插图。在第四封信的结尾，画着两个心形脑袋、插着翅膀、手拉手向天堂飞升的卡通人，不用说，梳着辫子的、大个子的是唐敏，长着两只尖耳朵、拖着一条花尾巴的是张来福。她解释说："我一讲起张来福，心中就充满了对它的喜爱之情。想到它的小生命是这样完全依赖着我，我就不再当它是一只猫。虽然我们长得不一样，但是心中的爱是一样的。生命是这样美好，我常常在心中赞叹：世上最富裕的生活、最多的钱，也换不来真心的爱！"

明　朱瞻基《五狸奴图》(局部)

这已经不单是一封写给孩子的信，而是文学作品了。我不愿独自享有它，就在1993年的六一儿童节之际，把它图文并茂地发表在我所编辑的《光明日报·文荟》副刊上，题目是《给爱猫的孩子》。唐敏兴奋有加，来电话说，她计划把张来福的故事继续写下去，将来集成一部书，并要在扉页上写上是送给小小蕙的。这可把我女儿高兴坏了，乐得直蹦。可惜后来唐敏为生计而去写电视剧了，这部小书一直未能面世。

现在，张来福竟然独自去了天堂，遗下那么宠爱它的“唐敏妈妈”哭得肝肠寸断，可真是“悲莫悲兮生别离”呀！不过，也没准真就会把唐敏的小书催出来了，我相信它的销路一定很不错。到那时，张来福说不定就成了全国知名的大明星，也未可知。

1999年12月12日

动物天堂

刚刚踏上缅甸的土地，第一眼看到的是绿树和鲜花，第一曲听到的是百鸟的齐鸣。前面那顶像蒙古包一样的大树冠上，一只黑头灰翅金尾巴的大鸟，正在“嘀——哩哩！嘀——哩哩！”高声独唱，旁边电线上站着七八只麻雀，起劲儿地“哆——来——咪——发——”为它伴奏。一曲还未歌罢，屋檐上落下一大群灰鸽，又“咕咕咕——噜噜噜——”唱起小合唱，喜鹊“叽——喳！叽——喳！”敲打着铜铃，乌鸦踩准点子，不失时机“哇——哇——”地来上声锣鼓，直把气氛烘托得比新年音乐会还热烈。

几只浑身雪白的鹭鸶，轻盈地落在绿茵茵的草地上，翩翩起舞。它们有凤冠、尖喙和细细的长腿，真是漂亮。他们的个头儿有鸭子那么大，但不像鸭子那样笨拙蹒跚，而是直立着身躯，高视阔步，哪一个都有着帝王的气派。在它们身后，又陆续跟来了有长长花尾巴的野雉、红嘴巴黄眼睛的八哥、白翅膀藏在灰羽毛下面的大鸟、尾巴似剪刀的小燕子，还有各种颜色鲜艳、花纹夺目、斑点灿烂的花蝴蝶，还有红、蓝、黄、绿等颜色的蜻蜓，还有各种形状、各种颜色，哼唱着各种歌儿、扭动着各种舞步的螳螂、蚱蜢、蟋蟀、天牛、蝈蝈、蜘蛛、独角仙、磕头虫……

来缅甸前，我几乎什么都设想过了，可就是没想到会出现这么一幅人类与动物和谐共荣的景象。因此，包括 72 岁的杨益言团长在内，我们中国作家代表团一行 5 人，全都急忙地问：

“怎么回事，缅甸的生态环境这么好？”

缅甸语专家、北京大学的汪大年教授告诉我们：“缅甸有‘不杀生’的习俗，人们一般不去伤害动物。”

可惜语言不通是一大障碍，缅甸的动物听不懂我们的话。在缅甸长达半个月的时间里，我脚边曾走过 3 只缅甸猫。它们和中国的狸猫长得一模一样，瘦长脸、尖下颏儿、有神的眼睛、黑黄条形花纹，漂亮而且威风，但当我叫“咪咪”时，它们却连头也不回，一点儿反应也没有，显然是根本不知道我在唤它们。我还看见过无数条狗，按照国内的叫法，叫“呜呜”“汪汪”或者“狗狗”什么的，它们也从不回头，只有当缅甸人叫“得儿”（类似我们吆喝牛马的声音，只是没有我们的尾音拖得那么长）时，它们才会扭过头来，瞪圆了眼睛问：“什么事？”

说到缅甸的狗，满城、满乡，满大街、满小巷，满庭、满院，到处都是。一般不是哪家哪户私养的，而是全社会共同喂养的。这些狗呢，衣食无忧，又受宠爱，于是一条条的都变得很懒而且无赖。经常是眼瞅着汽车开来，却还趴在公路上睡它的大觉，直到车轱辘开到鼻子尖跟前了，喇叭震得耳朵实在承受不住了，才极不情愿地起身，前腿着地伸个懒腰，慢吞吞挪个地方再继续睡……

在缅甸古都蒲甘我们下榻的帝里毕色亚宾馆，每当夜幕拉开，星光开始闪耀，灯光璀璨的游泳池边就开始有一批批小客人—— 一群群小虾蟆来造访了。它们一个比一个更有哲学家的风度，安静地蹲在黄色灯影里，眺望天蓝色池水，陶醉在梦幻一样的美景里，作诗或者冥想。人走过去，它们一点儿不介意，依然很沉稳地保持不动，就像佛塔前守门的石狮一样安稳如山。后来我才发现，原来是发亮的池水里，有一些“殉情”的小虫，随着涟漪的荡漾，被送到池边，小虾蟆是在等待它们。

还有一件奇怪的事不能不说：缅甸这个国家有多少茂密的树木，就有多少无处不在的壁虎。在缅甸第二大城市曼德勒，我们住的是一家历史悠久的因瓦旅馆。这一座英式木结构老屋，到处爬满了这种令人心惊胆战的动物。最糟糕的是它们还要叫。夜深人静，屋子里漆黑一团，它们来了，“呜儿——呜儿”彼此打着招呼，诉说着白天的见闻，其声之大，亚赛鸟鸣，把我吓得整夜整夜不敢睡觉。“一个人越怕什么，就越能撞上什么”，我曾看见一只巨胖的，脑袋竟然有青蛙头那么大，腿有人的小手指一般粗，尾巴像条小蛇，整个儿身体圆圆扁扁，像乒乓球拍子一样贴在墙壁上；还看见一只巨长的，一尺还有富余——这哪儿还是壁虎，简直是一条鳄鱼了！我猜，这一定是壁虎部落的老祖爷爷和老祖奶奶，几百年前曼德勒建城时就有它们了，绝对应该送去申报吉尼斯世界纪录。

那么缅甸人吃的鸡鸭鹅、猪牛羊、鱼虾蟹，又是怎么来的呢？他们都不杀生，难道这些美味珍馐就都不吃了？人家有人家的国情，也有人家高明的解决办法。

缅甸人民是非常善良、追求上进的，且自我约束能力很强。“吾日三省吾身”说到底还只是外在的形式，关键在于心灵的向善。在缅甸，我没有见过吵架骂人的，公共汽车上的好位置永远是让给僧侣、老幼和妇女的。大使馆的王一秘告诉我，有一次下着大雨，他的汽车抛锚了，这时从马路两边的商店和民房里，一下子钻出好多人，主动拿来工具帮他修车，还打着雨伞接他到路旁的屋里坐着等，一直到把车修好。

即使这样，还是不行。仰光洛加森林公园的 D

小姐告诉我们，该园有一个候鸟监测中心，现在，每年飞回来的候鸟，种类和数量都越来越少。但这是涉及东南亚一大片地域的事情，单凭缅甸一国之力难以解决。D小姐说，他们正在撰写一个准备递交联合国的报告，将通过它向全世界呼吁，爱护动物是全人类的事，需要人人身体力行。

D小姐是两千万缅甸妇女中的一个，具有她们种族的明显特征：浅棕色皮肤，额头很高，大大的黑眼睛，像柳条一样纤细而柔软的腰肢，说起话来温声软语的。但她又明显有别于她们，有一种成熟职业女性的干练气度，这在缅甸妇女当中又是比较罕见的。我在心里暗暗揣度，也许是因为她那一口流利的英语？也许是因为她手上那本比砖头还厚的《大英禽鸟词典》？也许是因为她身着一身绿色的制服，西式裤子把她的腰身衬托得格外挺拔（缅甸男人、女人都穿裙子，所以着裤子的人显得很特殊）？不过最后，我终于弄明白了，是因为她自强的性格。她的母亲已经去世，退休的老父和弟弟都依靠她照顾，他们相依为命。这种艰苦的生活反倒激发了她的生命活力、责任感、创造力和爱，使得她上班精心照料公园里的动物和植物，下班后做家务、学外语、钻研生态学。她是那种把自己完全奉献给了这个世界的女人。

1997 年 12 月 15 日

饿死不穷凶

每当从它门口经过，看见那副对联，心里就恨，狠狠道："我这辈子就是饿死，也不进你的门！"

它，指的是那家名曰"××大酒楼"的餐馆，坐落在我上班的路上。最初没看见那一副对联时，还往它那里张望过：挺大的一个院门，幽碧苍绿的深院，影影绰绰有不少花树，在光秃秃的水泥立交桥旁边，还真有那么点"庭院深深深几许"的味道。可是有一天夜幕降临后，霓虹灯璀璨之时，我骑车从那里经过，坏了，远远地就看见那副血红色的对联，在亮得刺眼的白色灯箱里面，毒蛇一样阴鸷地扭动着身躯。细看那词，真是凶恶，为：

吃鸭要吃绿头野鸭

吃肉要吃小龙蛇肉

那绿头野鸭在哪儿呢？哎呀呀，好可怜呐！它被绑着双翅、头朝下倒挂在横批的位置上，随着霓虹灯的节奏，左右晃动，那姿势、那表情真叫人受不了。吃了，残害了，竟然还要发宣言，发号召！

这是文明还是野蛮？是愚昧还是聪明？是向善还是向恶？是好事还是坏事？是对还是错？这还是世界文明大都市北京吗？

这让我想起了《野生动物保护法》，不知道这些来自 ×× 省 ×× 名山的美丽的绿头野鸭们，是不是在被保护之列？如果是，那么这家餐馆的这道菜，应该马上被有关管理部门取缔——我可真希望它是！如果不在被保护之列，那么这骇人的对联，也起码应该被拿掉。应该告诉那家餐馆的老板：这不是什么光彩的事，人家一看就知道你是个没有环保意识、光知道捞钱、不惜残害动物的财迷。所以，我决心发起抵制行动工作，号召天下的君子们、有文明水准的人们、

清　朱耷　《鸭》

有一颗仁爱之心的人们，都不要到你的餐馆去吃饭！

唉，可怜的绿头野鸭们！

也许有人会说："韩小蕙，你闲得慌呀！又不是杀了你家的鸭子，又不多给你一分好处，你着急上火、操心费力的干什么呀？弄不好还会招人恨，给你找点儿小麻烦，就让你吃不了兜着走！"

我觉得人家说得有道理。这年头，很多人的心肠变得很坏，为了钱，什么事都敢干。可是，不也有人大义凛然地站出来说，纵使前面是刀山火海、万丈深渊，我也要勇往直前吗？古往今来，讲究的就是知识分子要有"家事、国事、天下事"的大境界、大胸怀，要是人人都只为自己活着，哪还有今天的月白风清？何况，现在的月亮已不似以前那么白亮，这是大气被严重污染的缘故。现在的风也不似以前那么清爽。今春的沙尘暴已前所未有地连续袭击我国西部和北方地区十余次，甚至直逼东部和南方，气象部门预警将持续到5月底！这也同样是环境被严重破坏所致。据说，西部有的地方，连草根都被挖光了——愚昧呀！光盯着你今天的钱袋子，不想想明天你还怎么活?!

同样愚昧的还有残害野生动物的奸商和食客们。不断见到报道，这些“刽子手”吃穿山甲、吃果子狸、吃梅花鹿、吃熊、吃飞龙、吃大鲵、吃孔雀、吃绿头野鸭、吃麻雀等，甚至连中华鲟都敢吃！如果下一步再不加强严管，他们罪恶的嘴，很可能就要伸向大熊猫和朱鹮了！所以我们得赶紧团结起来，共同发出震彻天宇的怒吼声，迫使唯利是图的经营者和残酷贪婪的食客们不得不收手！

好在，现在全中国甚至全世界，都已经把保护自然生态环境提升到关乎人类生存发展的战略高度。再不背水一战，明天我们可能连洁净的水都喝不上了呀！

可爱的绿头野鸭们，真盼望你们能在我们大家的共同努力下，挣脱牢笼，重获自由，飞向蓝天！展开你们美丽的翅膀，排成经典的一字队形，飞回你们魂牵梦萦的家乡，与你们的父老乡亲团聚……

我恍然看见，成千上万片闪着鲜亮光泽的羽毛，在蓝天白云、金色阳光的辉映下，在朗朗清风的吹拂下，童话般地、梦幻般地变成一只只野鸭雏，继而长成一只只健壮的成年野鸭。它们扇动着有力的双翼，快乐地高声鸣叫着，向着南国归去。

“一带江山如画，风物向秋潇洒。”

1998 年 11 月 11 日

我们遗忘了什么？

似乎人们普遍认为，十二生肖当中，马是形象比较好的。是的，你瞧：龙较虚幻，虎要吃人，蛇最狠毒，鼠患无穷，牛太老实，羊任宰割，兔子弱小，猪忒愚笨，猴性顽劣，鸡供食烹；狗呢，尽管与人类亲善，但总甩不掉“走狗”的骂名；唯有马，从古至今，得到的评价基本是推崇与赞扬。

这就使恰好属马的我，总莫名地沉浸于一种虚妄的洋洋自得之中，就好像马身上所有的优点都是我的优点一样。人啊，再有理智再懂得自律、自尊、自诫，也总是甩不掉虚荣这根多余的尾巴——没劲！

而在以往的文章中，马似乎都是没有缺点的。

唯一的例外，我所见到的，只有18世纪法国著名博物学家、作家、进化思想的先驱者布封，在其引起广泛关注的著作《动物素描·马》之中，惊世骇俗地无情数落马的致命弱点。请听：

> 但是它的驯良不亚于勇毅，它一点不逞自己的烈性，它知道克制它的动作：它不但在驾驭人的手下屈从着他的操纵，还仿佛窥伺着驾驭人的颜色，它总是按照着从主人的表情方面得来的印象而奔腾，而缓步，而止步，它的一切动作都只是为了满足主人的愿望；这天生就是一种舍己从人的动物，它甚至于会迎合别人的心意，它用动作的敏捷和准确来表达和执行别人的意旨，人家希望它感觉到多少它就能感觉到多少，它所表现出来的总是在恰如人愿的程度上；因为它无保留地贡献着自己，所以它不拒绝任何使命，所以它尽一切力量来为人服务，它还要超出自己的力量，甚至于舍弃生命以求服从得更好。

对了，最击中我的就是这句“它所表现出来的

近现代　徐悲鸿　《秋风立马图》

总是在恰如人愿的程度上”。这真是一箭就射中了靶心，没有留下任何分辨的余地。

当然，从我们人类的角度来说，马的这些良好表现，都最合适不过了：贪婪的人类无耻地让它们替我们干重活，驮着我们跋山涉水，在战斗中甚至让它们用性命换回我们的性命……这一切，人类都认为理所当然，马也被驯化得完全顺从人类意志，尽管我们的立场截然不同——我们是奴役者，马是被奴役者。

除了马，还有牛、羊、大象、骆驼、狗、猫，甚至一部分老虎、狮子、黑熊。我们人类真是贪得无厌：我们奴役和妄图奴役全世界所有的生灵，为了我们自己生存得更加舒服、安逸、优越。为此，我们还觉得不够，于是，人类就自相残杀，征服和奴役别人，用同类自由的丧失、精神的桎梏，以及献血，源源不断地填补我们自己那恶魔般的欲壑。

许多年就这样过去了。就像驯马的过程一样，人类自己也逐渐被驯服了，建立起了繁复的社会秩序、制度、道德规范，还有许许多多其他东西。而那承载人性曙光、无比珍贵的晨曦——契合人类本真、顺应自然法则、合乎生存之道的必要条件，比如自由，比如民主，比如博爱，渐渐地都被乌云吞噬了，也渐渐地被我们从自己的心灵深处放逐了！

如今，一匹好马的标准，首先是臣服和忠诚。如果它的毛色既飘逸又鲜亮，它的身体又强壮又匀称，它的四条腿又健美又有力，它的生活态度又驯良又克己，它又是真正的千里马，那它无疑可以得到我们人类最大程度的赞誉。那么，一个好人的标准呢？

山川、湖泊、激流、险隘，我们的确遗忘了什么。布封的《马》提醒了我们：对自然本真的尊重，我们遗忘得太久了！

2001 年 1 月 1 日

穿皮大衣的囚徒

自从买了这件皮大衣起，我就不喜欢它。

其实它的质量还是相当好的，式样也很漂亮：两面都可以穿，一面是细细的抛光皮，黑颜色真显得高雅；另一面是寸长的毛皮，也是纯黑色的，毫尖上闪着缎子一样的光芒。我穿在身上，长短、肥瘦都恰如其分，雍容而不臃肿，再合适不过了。唯一的不满意，就是它不是真毛皮的，而是人造的，显得低档了一些。

但是拉我去买的女友说："这个商家要撤摊位回内蒙古过年去了，便宜甩卖。你就当买一件上班穿的工作服吧。"

我说："我这辈子都不买工作服了，工作服穿着不舒服。"

女友说："就算你帮商家的忙吧，让人家早点儿回家过年。"

我说："现在天天过年。"

这时销售经理说话了："现在都不穿真毛皮了。不是提倡保护动物吗？您穿这个正合适，一点儿不跌价。"

一下子让他点破，我倒不好意思起来，一时竟哑口无言，掏了钱，回家。

到家以后又后悔，怎么看怎么别扭，于是把它扔一边去了。

不料，老天竟陡然变得奇寒无比。一场大雪过后，气温骤降到零下十几摄氏度，可把人冻惨了，我只好把它找了出来。穿着它上了两天班，反响很不错，有人还说："这么高级，貂皮的吧？"我心里很受用，渐渐胆子也大起来。一天，文学界聚会，我就穿着去了。

在会场门口，恰巧遇到李国文老师。见了我的模样，他嘴巴翕动了一下，像是要说什么，又咽了回去。直到会议结束，我们一起走出来，他忽然说：

“小蕙，你穿这个，我看不大合适。”

这可说到我的心尖尖上了。虚荣心使我的脸涨红了，嗫嚅道：“这个……确实不怎么……高档……”

国文老师却打断我说：“现在都在提倡保护动物呢。”

我的心一松，但仍遮遮掩掩地说：“我这……不是……真毛皮……”

国文老师还不放心，叮嘱说：“要是真皮的，我建议你还是不要穿了，影响你的公众形象……”

说来，这还是去年冬天的事。今年，形势更是大变了——

第一天穿着它去上班，刚走出家门口就碰到一位熟人，女性，退休干部。她招手把我叫住，盯着它说：“哎，多不环保啊！”

我一怔，赶紧解释道：“不是真皮的。”

她放我走了。

到了单位门口，碰到一位同事，这回是男的，年轻记者。他竟然也瞅着我问：“嗬，动物皮？”

我赶紧摇头：“不是，不是。”

进电梯时，里面有七八个人，有编辑、记者，有行政人员，还有工人。人堆里，又有声音传过来："你这大衣，真皮的？"

我赶紧老老实实说："假的，假的，现在谁还敢穿真皮的？"

满电梯的人全笑了。

当我走进文艺部办公室，正有三四位同仁在，他们的目光齐唰唰地向我射来，吓得我赶紧把大衣脱了，不打自招地解释道："人造毛，人造毛……"

以后，无论我走到哪儿，无论人家问与不问，我都先行指着它，把"人造毛"重复两遍。虽然很辛苦，但是确有必要。国人的环保意识确确实实大为提高了，谁都很直率地批评你，受得了？我不禁想起几年前，曾看到一则来自英国的报道：在公众的批评下，皇室成员都不敢穿真皮服装了。我暗暗窃喜道："幸亏你没买真皮的，不然，可不真成了穿皮大衣的囚徒？"

2000 年 1 月 31 日

琉璃象奇遇

电话实录：

韩小蕙：“不管怎么样，我还是觉得，人与人之间，真诚最重要，信任最重要！”

李国文：“我支持你。”

韩小蕙：“所以我跟他说：‘就算您先存放在我这儿。等什么时候您翻过身来，想它了，您就再来找我。’”

李国文：“这话说得好！”

生活中，有些事情，常常让你措手不及，但事后一回想，又有必然的规律。

一

国庆节前的一天，上午 9 点多，我从家出来，骑着自行车往单位走。

家在北京中心区域的“银街”东单，单位在南城虎坊桥，从家到单位需要穿过“中国第一街”长安街，而崇文门是必经的路口。这路口可有点儿让人烦，由于车流量太大，又是逐一放行，所以若赶上红灯，一等就是三分钟，十首《七步诗》都写成了！

所幸那天天气特好，天空鲜蓝鲜蓝的，像一首一往情深的诗，使人眩晕而幸福或者幸福而眩晕。阳光金黄金黄的，铺满大地，使大街小巷都成了丰收的麦地，处处金光流溢。为庆贺节日摆放的鲜花，绿的绿，红的红，黄的黄，总之是姹紫嫣红，花叶扶疏，不停地牵引着人的视线。街上的行人也是一道好风景，打扮得都挺帅气或漂亮，而且个性化。在这方面，北京好像已经多年没流行过什么主题了——北京毕竟是国际化大都市，大气磅礴，因此这儿的人不讲究跟风，永远强调的是个人风格……

一回头，呀！只见身边停着一辆小三轮，车厢里铺着一块毯子，上面放着一尊陶瓷的大象。这尊象，太让人爱了，有一尺半高，二尺长，通身绿色，中国古建筑大屋顶的房檐上那种绿琉璃瓦的绿，也像绿琉璃瓦那样闪着历经岁月的光芒。象背正中，驮着一块厚实的黄垫子，两边各耷拉下来一片黄色基调的装饰花毯，上有菱形花块，有蚯蚓走泥纹和铜钱纹，还有线条简洁如儿童画的流苏，中规中矩地下垂着。所有这些黄色，也是大屋顶上那种黄琉璃瓦的黄，也闪着博大深厚的光芒。大象低着头，鼻子卷成蜗牛壳状，慈祥的眼睛极其认真地看着前面的地，四根粗腿像铁铸似的站在那里，显示出好一派王者气概。

这造型，洗练中透着一种非比寻常的尊贵气质——古的今的，中国的外国的，石雕的铜刻的，我看过那么多真的假的大象小象，却从没见过这般朴拙而又华美的造像。我看得目不转睛，边使劲琢磨着它的美，边抬头去看它的主人。

这是一位50多岁的男子。微胖，穿着一件旧的白色圆领衫、一条深色长裤，头发也没什么修饰，典型的京城劳动人民。看我这么盯着他的大象反复看，他挺平静，既没反感也没骄矜。我看他挺和善，就用温和的声音问道：

“这是象墩儿吧。您从哪儿买的？”

“不是买的，是自个儿家里的。”他扯着大嗓门说，“我这是拉到红桥去卖去（北京话音读‘qie’）——”

我一惊。“红桥”指的是红桥旧货大市场，就在前面两站地，里面确实有不少老东西，不单全北京闻名，而且每天去的外国人数不胜数。

“您卖多少钱？”

“给200块就卖！”

回答得特干脆，可是声音不怎么自然，好像有点儿夸张的成分，就像是在做一件自己并不怎么想做的事情而又横下心做了，在给自己壮胆。

我下意识重复了一句：“200块就卖？”心里如钟摆般摇摆不定。

“是啊，”他仍然是大嗓门，“昨个儿我已经跟红桥的老板说好了，我这么一描述，人家就说给200块。现在，我给人家送去——”

按说，我平时不是个乱花钱的人，也不是在街上乱跟人搭茬儿的人。偏偏这么个生动漂亮的象墩儿，突然出现在眼前，一下子就抓住了我的心。说来，还真多亏了这路口的红灯一直高高亮着，我听见自己比曹植还果断，吟出一句诗来：

“您卖给我得了？”

就在此时，绿灯亮了，前后左右的自行车潮水般地涌动起来。他朝我做了个手势，我们骑车到马路对面，在边上找了个地方停下来。他一边让我仔细看看

清　青金石掐丝珐琅太平有象摆件

他的“玩意儿”一边说：“您看，这老东西烧得多好，多亮啊，又细，比现在那些个新做的，强多了！”

我于是想起来问：“这是什么时候的？”

“民国的。”说着他叹了一口气，“现在可烧不出这么细乎的琉璃喽。”

我又傻乎乎地问：“噢，这是琉璃的呀？琉璃是瓷吗？”

“是瓷。”他斩钉截铁地答。

我怜爱地拍着琉璃象，真心地说：“这么好的东西，干吗不留着，卖了多可惜呀？”

他解释说，他们家住东四环，平房，现在要拆迁了，搬到北四环以外的楼房去住，就没地方搁它了。这是家里老人留下来的，过去老人就在花市这一带做买卖，家里的老东西多着呢，可惜很多都被砸了。这象墩当时搁在院子里，所以逃过了那一劫。还有两把硬木的公主椅，当时搁在邻居家，也幸存下来，现在没什么用，谁给个 1000 多块钱，也卖。主要是他已经下岗了，每月就拿 305 块钱，因为腿有病，所以没法再找工作。这不到了节跟前了，串个亲戚也不能空着手去呀，所以，就不留着它了。

我叹息了一声，真心为他可惜，极其真诚地说："就算您先存放在我这儿，等什么时候您翻过身来，想它了，您就再来找我。"

他沉默了，停了一会儿，小声说："我看您是真喜欢它，得，我也算是给它找着了一个好下家。"

过了一会儿，他又说："象进门，会给您带来吉祥的。"

我目送着他骑上小三轮走了，心里还真有点儿酸楚，一时，牵挂着他一家的日子，竟把琉璃象也抛在了脑后。听他说，他还有个读书的儿子，不知书念得怎么样。家贫，孩子挺受委屈的……

二

我把琉璃象寄存在宿舍大院传达室，又飞身上车，往单位骑去。

阳光更潇洒了，像一把巨大的射金枪，把全世界喷洒得遍地"流金"，人置身其中，就像走在无边无际的大金库里。一丝风也没有，下坡自行车不用蹬就自己往前跑，笔直的路在脚下延伸，那种轻快的感觉，别提多惬意了。道路两边，虽然银杏树那些美丽的扇形叶片已经镶上了金边儿，但梧桐树叶还没落，所有大树小树仍蓊郁、浓绿，就一点儿也没有悲秋的凄冷。加上节日的彩旗、气球、鲜花堆出的斑斓色彩，哎呀！北京的金秋十月，“风物向秋潇洒”，是一年里最好的季节。

想到已经属于我的琉璃象那黄的绿的属于秋天的色彩，不禁想起车尔尼雪夫斯基说的：“任何东西，凡是显示出生活或使我们想起生活的，那就是美的。”还有朱光潜的一句话，“艺术是美的集中表现”，也很到位。

到了班上，手忙脚乱地一通忙。等到了休息时，我想起了琉璃象，就把今天买到它的事，原原本本跟同事们说了一遍。

万料不到，我的话音还没落，一位男同事就断然说出两个字：“假的！”

我猛然就僵在那里，只觉得心“扑通”一下就沉下去了，极像一只正飞得高兴的鸟，突然被流弹迎头击落。当一种美好的感觉遭遇暴力摧毁，或是当一种高尚的情感被丢进垃圾箱，这种受伤感，在我心中一点儿也不亚于双子大楼的突然坍塌。愣怔良久，我才缓过劲来，尽量平静地说："不是假的，是真的，因为不是他要卖给我的，是我主动问他的。那下岗工人挺真诚的，他没骗我。"

男同事满脸的不屑："真诚？现在哪儿还有真诚？"

其他同事见状，一个个赶紧过来安慰我。

甲："咳！又没花多少钱，买了一个自己喜欢的东西，这就行了，管它真的假的呢。"

乙："你看，你还得到一个素材呢，把它写出来，你就又有了一篇好文章啊！"

丙讲起他当年的遭遇：十多年前，有一次他在胡同里走，被一个河南老乡叫住。那老乡掏出几件旧瓷器，说是在老家地里挖出来的，请人看了，是清代的。其中有一件小玩意儿，上面贴了一片叶子，很是精美。丙喜欢上了，花了几十块钱买下，挺高兴。后来有一位懂行的朋友看了，说是仿得可真有水平，从外面看，全然看不出破绽；只有从瓷器底部的小眼儿往里看，才发现是新瓷……

于是大家纷纷说：“小蕙你也回家看看，要是新瓷的话，肯定就不是真的了。不是的话，你也甭不高兴。”

我脸上的肌肉僵硬地动了一下，机械地挤出一个笑，我不想拂了同事们的好意。其实，琉璃象是真的假的，我并不在乎，我在乎的，是众人竟一致认为我受骗了，而我自己仍然愿意相信那位下岗工人的话。难道现在真没有可相信的人了吗?

难道我也成了异类?!

下班的路上，我又想起这个问题，没滋没味了一路。

孰料，回到宿舍传达室，我请了看门的小伙子帮我搬回家，他又言之凿凿地打击了我一下：“您肯定上当了，他绝对是在骗您呢！”

我问：“你怎么能这么肯定？”

他说：“这不明摆着吗？现在哪儿还有可相信的人？”

我没吭声。等他走后，我再度端详起琉璃象，它慈祥的眼睛依然认真地看着前面的地，一丝不苟地站在那里，显得十分诚实。

我忽然想起了同事丙说的话，就找来一块布，垫在琉璃象身下，然后，小心翼翼地把它翻过来，朝它肚子下面望去——

唉，还是不行，不是行家，根本无从分辨。你说那瓷是旧的吧，可看着挺干净；你说它是新的吧，又颜色发暗。我所能看清的，只是琉璃象的肚子里和四条腿里，挂着不少蜘蛛网，一条一条的，粗的细的都有。我自作聪明地想：要是造假造得连蜘蛛网都这么逼真，那可真能去申报吉尼斯世界纪录了！

我长叹一声，拍着琉璃象的背，问它：“能否告诉我，我能否相信你？”

它却根本不作答，像是在轻蔑我的蠢话，更像是在轻蔑人类超常的智力。

我感觉很憋屈，胸膛像被一块沉甸甸的铅布严严实实地封裹起来，怎么撕扯也扯不开。于是就打电话给李国文老师，往常有什么想不明白的事，我都找他请教。

我一口气讲完今天发生的一切，又一口气提出一大串问题：

“是我的思维出毛病了，还是这个社会出毛病了？”

“为什么所有人都说那位下岗工人在骗我？”

“为什么没有一个人愿意相信他是个好人？”

“难道这个社会人人都不说真话，也都不相信别人了？”

“难道我们的人与人之间，连一点儿真诚都没有了？”

“那我们活着还有什么劲？即使有再多的钱、再大的房子，又有什么意思？”

“我不相信这个社会就真的一点儿都不可信了，就都是你骗我，我骗你，来来回回互相骗，就没有诚实的人了！”

“我也不相信不说假话就活不成了！”

“我还是愿意相信人，愿意相信真诚的力量！”

“不管怎么样，我还是觉得，人与人之间，真诚最重要，信任最重要！”

…………

电话里，传来国文老师异常清晰的声音：“小蕙，我支持你。”

我心里一高兴，又连珠炮似的接着说：“那下岗工人，真是挺真诚的一个人，干吗一上来就先怀疑人家啊？而且人家那么困难，为了200块钱，就变卖老人留下的东西。您想啊，不到万不得已，谁愿意这么做呀？他心里得多难受啊！所以我跟他说：‘等什么时候您翻过身来，想它了，您就再来找我。’”

国文老师当即表扬我说：“这话说得好！”

三

第二天，第三天……没过几天就是国庆节的假期了。

七天长假里，面对着客人和朋友，我一遍又一遍讲述琉璃象的故事，然后，就请我的听众表态——我是想借此了解这个世界的普遍心态。一个社会，当她的人民普遍明朗开放，而且皆有童心和向善之心的话，这个社会就是健康的、欣欣向荣的、生机无限

明　丁云鹏　《洗象图》(局部)

的；反之呢，肯定是生了病，得治。

什么说法都有。实话实说，绝大多数人的第一反应，都是："假的！"

但是女友们一般都站在我的立场上支持我，有的甚至表现得比我更激烈。女友P教授（X医院的杰出医生）说："要是我，得给他300块钱。"女友W处长（L机关的精明女强人）说："我从来就愿意相信人。有一年，来我们单位办手续的一位外地中学校长，差了1万块钱，急得直跳脚，我就把自己还没到期的钱从银行取出来，借给他了。家里人都说，得了，就算你丢了。结果人家回去就寄还了。哪儿能都是坏人呀？……"

"是呀，要是我们身边全是坏人，没有好人了，这日子还怎么过呀？"我怜爱地拍着琉璃象，问它："你说是吗？"

"我——说——是。"琉璃象到底开口了。它甩了甩绳子似的粗尾巴，又扬了扬起重机一样的大鼻子，慈祥的眼睛里闪着老辈人才有的温和的光芒。我想起那位下岗工人的话，大象果然是吉祥之物。以前的文学作品里，它们都是光辉的正面形象，这绝对不是因为它们的个子像大山，而是它们的善良温厚比海洋还深邃。

琉璃象忽扇了几下扇子般的大耳，问道：

“为——什——么——你——这——么——在——乎——是——不——是——受——骗——了？”

一句话触到了我的痛处，我顿时沉默了，心上的伤口又猛然迸裂开，汩汩地冒出血来。

我曾用自己的全部真诚和善良救过一个人。在他危难的时候，我以自己的孱弱之躯和刚强的正义感救过他。当时他冰冷的心被焐热了，他发誓以后永远跟我做贴心的朋友。我是那么纯真，像相信我自己的真诚一样相信了他——我自己从来不说假话，也从不怀疑别人欺骗我。每见到生人，我都首先把对方看成好人，而不像他那样先假定对方是坏人。我也愿意帮助别人，却很少向别人索取，这是生命的一种大快乐、一种大境界。不管他如何不理解，这些，从来都是我做人的原则。

朋友们都劝告我不要轻信，说我已经承受不了生命之轻。我莞尔一笑，执拗地认定：人心的力量是无与伦比的，在至真、至善、至美的映照下，就算是石头里蹦出来的人，也应该能培养出高尚的情操。人活一世很短暂，谁不愿做一个好人呢？

可是我错了，大错特错！当他的灾难过去后，他的话语就变了，所有感激涕零的承诺，都成了渐远的钟声，越来越模糊，直至消失在苍茫荒野。代之而来的，是对我的敷衍、虚与委蛇、不负责任。他的心又恢复到冰冻状态。原来在他眼里，世界上根本就没有好人，所以他谁也不信任，对谁也没有感情，只爱他自己（后来我发现，就连他对妻儿的爱，也是源于他的占有欲，就像他对钱袋的占有欲一样）。他是个极端利已主义者，即便是拔一毛利天下的事，他也是连手都不肯抬的。无论跟谁交往，他都在盘算怎么从人家口袋里掏出点什么，正如民谚所说“逮谁都咬上一口”。同时，还会佐以巧言令色，正如古语云“夫谗人似实，巧言如簧，使听之者惑，视之者昏”。这样的一个人，你还能指望他来主持正义、扶危济困，那不是与虎谋皮吗？果然，没多久，他就化作一股远去的烟，消失不见了。

“忘恩负义！”我的朋友们个个咬牙切齿。“世间就是有这种人，自古皆然，不然怎么会产生这么个成语？”

“过河拆桥！甚至河还没过完就已经在准备拆桥了！韩小蕙，你怎么那么愚笨，就凭着‘真诚’二字，就敢那么轻信人？”

“至少是太自私了！他从来都只是从一己立场出发，把你利用到极致，却从不替你着想。现在，把你害成这样子，他却撒丫子溜了。哼，还算什么男人！”

…………

我沉默不言，一颗心虽然被恶鹰不断地啄出鲜血，却仍执拗地期盼：他并不是彻头彻尾的无耻之徒，他有人性善良的一面，他终会良心发现，顶起他应该顶起的那片天空。人皆有廉耻之心，草木、动物都有灵性，何况天天标榜自己的知识分子呢？果若此，我仍会一如既往地善待他、帮助他——在这个世界上，多成全一个好人，多一分宽容的爱心，就少一丝烦恼。大家都活得轻松、幸福、快乐，这不才是人生真谛吗？

琉璃象睁大眼睛问："你心里没有一点点仇恨？"

我由衷答道："我寻求快乐，而不想寻求仇恨。我们曾经走得那么近，一颗心向另一颗心完全敞开，在这繁杂喧嚣的世界上，这种交流上天也难觅。所以，我宁愿记住他所有的好，忘掉他所有的不好。史蒂文森说过，'快乐并不总是幸运的结果，它常常是一种德行，一种英勇的德行'。德行是要修炼的，人已经到了中年，如果还只知道横冲直撞的话，不是白白吃饭了吗？"

"那你是否想过，对方根本达不到这个境界，甚至以怨报德呢？"

"我呀，曾经仔细看过鸽子的眼睛，它们的眼神总是透着友善，它们愿意和人亲近；不像老鹰，总是用阴鸷的眼神提防着别人。所以和平鸽比老鹰活得自在轻松，也快乐。"

"韩小蕙呀，你又把世界想得太单纯了吧？难道你没看见，现在是那些会说假话的人、能招摇撞骗的人、会表演作秀的人、能掩藏自己的人，活得比你滋润！不怪大家都不敢相信人，说真话，做君子，是要付出代价的。”

“一箪食，一瓢饮，在陋巷。人不堪其忧，回也不改其乐。”

琉璃象“扑哧”笑了，龇着大白牙揶揄道：“看你的岁数也不小了，这‘少女情结’什么时候才能结束呀？”

我轻轻拍着它的背，玩笑道：“我申请——到我80岁生日那天，可乎？”

四

我竟冷落了所有的朋友，缩在家里，与外界断绝联系。

然而在当今这个高度互联的社会，一个人想要做避世的陶渊明，除非他上外星去生存。在强大的“信息技术军团”使出十八般兵器的“围追堵截”“轰炸”乃至“暗杀”威胁下，我才不得不抽空草拟了一份文稿，匆忙向所有至爱亲朋发布了一条独家新闻。

（韩小蕙2002年10月10日北京电）

蕙新近得交师友一，名琉璃象。乃民国初年象氏，籍贯北京，无师自通，学富五车且饱览人间春秋去来。蕙与其朝夕相守，同食同住同读书同玩乐同忧患，更兼日日听其教诲：天下大事、人情世故、诗书礼义、喜怒哀乐、生老病死、儿女情长……无所不包，不禁茅塞顿开也。蕙何德何能，偶遇象师，乃深切体味伯牙摔琴谢子期之至境！

我的报道一点儿也不夸张。

我把琉璃象摆在卧室里，每天早上一起身，就去拍拍它的背，顾不上梳妆，先精心擦拭它，连每条细小的褶皱都照顾到了。每晚下班进家，必高呼一声："象师，我回来了！"

有了什么问题，我都向它请教；带回了什么快乐，一进门就转述给它；沾上什么污秽或遇到什么委屈，也一并向它诉苦。它总是默默听着，很少开口，一副沉思冥想状，好像有着更重大的问题要思考，因此对于我们人类的这些破事儿，不感兴趣。

确实，人有人言，兽有兽语，人听不懂兽语，而兽不屑于与人交流。那些以自我为中心的人虽智力超凡，却缺乏智慧，远不如动物灵心慧性。比如，有一次，我给琉璃象讲了一个坊间听来的故事：

有一天，阳光明媚，一只小老鼠钻出洞去玩。突然发现一只肥硕的大猫凶猛地扑过来，小老鼠吓得魂都没了，尖叫着往家里狂逃。

幸亏迎面来了大老鼠博士，他推了推鼻子上的眼镜，不慌不忙说："你躲到我身后去，看我怎么对付他。"

话音刚落，大猫就"嗖"地追到眼前，小老鼠吓得"哇"一声，差点儿翻倒在地。说时迟，那时快，只见大老鼠博士把胸脯一挺，突然张大嘴巴，发出"汪！汪汪！"的狗叫声。大猫立时被吓傻了，转身仓皇逃窜。

小老鼠高兴得直蹦高。大老鼠博士一推眼镜，教训道：

“我早就跟你们说过，掌握一门外语是多么重要！”

这是讽刺评职称要加试外语的故事，讲一次开心一次。不料，这回我还没笑完呢，琉璃象接着就编出了续集：

又一天，阳光明媚，小老鼠和大老鼠博士一起出门。迎面突然出现一只一堵墙般的大狗，多管闲事。“汪！汪汪！”大小老鼠一齐朝它吼叫。可是根本没用，大狗理都不理，照冲过来不误。在这性命攸关的危急关头，老老鼠博导杀了过来，“尔——啊！尔——啊！尔——啊！”朝大狗发出三声驴叫，大狗吓得屁滚尿流，抱头鼠窜了。

老老鼠博导转身教训徒子徒孙道：“现在已经是信息时代了，仅会一门外语，怎么够用！”

我目瞪口呆！

琉璃象居高临下地斜睨着我，像老老鼠教训大小老鼠一样教训我道：

“这个世界有着无限可能，不要以为只有你们人类才掌握着真理。从表面来看，话语权似乎是在你们手里，指挥棒也被你们化作利斧，但其实呢，这是以我们的集体缄默为前提的，它的背后遮蔽着一个惊人事实，即蔑视。人类视而不见的，是天地万物早就把你们排除在对话的可能性之外了。”

“为什么？”

“因为你们的愚蠢，因为你们的狭隘，因为你们的贪婪，因为你们的欺骗，因为你们的虚伪，因为你们的自私，因为你们的嫉妒，因为你们的陷害，因为你们的谄上欺下，因为你们的逃避责任，因为你们相互之间永无休止的争斗，因为你们一切于今为烈的恶行！……”

我的天哪！这还是我的温良恭俭让的琉璃象吗？

只见它眼睛里射出一道又一道厉害的光束，两只大耳朵不停地扇动着，大鼻子像大鞭子一样，“啪！啪！啪！”在我身前身后抽出一团又一团火光。好家伙，我竟成了全体坏人的替罪羊，我家成了战场！我急得大叫：

“象师！象师！你怎么了，有话好好说！”

“阿——嚏！”它强制自己打了一个大喷嚏，抽抽鼻子，好了。等彻底冷静下来，它自己也觉得有点儿过分，眯着眼笑了。

我其实是被批判得心里发虚，张着嘴只剩下喘气的份儿，才故意做出生气状，不理它的。它慢慢踱过来，蹭着我的衣袖，嘟囔道：

“你看，你看，人就是不让说真话不是？不来虚的就是招人不待见不是？愚蠢的琉璃象呀，大傻瓜呀，你白在人间混了几十年了，怎么到现在，还掰扯不清真真假假的辩证关系？怪不得你老蹲墙根儿啊！”

“唉，教训呀！怎么能把自己坦坦荡荡全交给别人呢？你想找死呀你？你不知道今天奉行的一句至理名言，是‘沉默才是百分之九十九点九九九的金子’呀？……”

唉，这个玩笑开得有点儿大了吧？

五

第二天一大早，我还没睁眼呢，就觉得有一股热气拂过脸庞。肯定不是太阳光，阳光照在脸上，是油画一般静止的温暖，而现在这股热气是动态的，像梦一样轻柔。

我以为是梦境，一动不动，连眼皮也没抬，继续享受这难得的愉悦。唉，人生路上，人们行色匆匆，殚精竭虑，又有多少是有意义的？

又一阵更大的热浪袭来，还有什么在我脸上拂了一下。我懒洋洋睁开双眼，顿时一个鲤鱼打挺跳了起来——吓死我了，有一只硕大的“枪筒”，在我眼前挥来挥去！

跳起来我才看清，竟是琉璃象在用它的大鼻子吹我，唤我起床。

“出什么事了？”我急吼吼问。

“我要跟你说件事。”它变得有点儿严肃，好像要给我上政治课似的。它大鼻子一甩，推着我老老实实坐下，好好听。

“昨晚我想了一夜。那天初次见面，你就把心里的秘密坦诚地告诉我，足见你是个内心透明的人，还没被乌七八糟的社会风气熏黑。加上这些天来，你完全不设防地信任我，单纯得像 20 岁的年轻人。我要报答你，现在，我就把真相全告诉你。

“我生于 1914 年 6 月 15 日，以现在人们追逐文物的疯狂眼光来看，乃真正民国初期的宝贝。我属于三彩家族，内质是陶，表面挂了一种彩色釉，即琉璃（嗨，我的旧主人说琉璃也是瓷，其实他说错了。陶和瓷不同，虽然都是黏土烧制的，但陶粗而瓷细）。三彩陶器在唐代达到高峰，创造了浓艳瑰丽的艺术风格。它是一种低温铅釉陶器，制造时需入窑两次，先烧制陶胎，再挂釉，以铅为助熔剂，高温下呈可流淌的玻璃状。三彩正是利用这一特点，使不同色的釉在高温下交混，从而呈现出绮丽的艺术效果。（嗨，你看我还给你上了一堂工艺美术课，你花 200 块钱买我真是物超所值！）

“我的主人家是地道的老北京，听说还在旗，过去是领皇粮的。到了把我买回家的老太爷一辈，皇粮没有了，开了买卖，在花市一带开了三家澡堂子。老太爷精明，生意不错，家里有钱，买了不少家什，什么红木桌子公主椅的。可惜后人不太在乎这些老东西，嫌旧，嫌跟不上时代。

“但是后来我们家的老物件几乎被砸光了。我呢，一直躲在阴暗的角落里，不敢说不敢动哇！

“万万没想到还能有出头之日，更没想到还能走红到人人争抢的地步。有一天，我忽然就被抱回家，擦呀，洗呀，我的旧主人从来没对我这么好过。跟我享受同等待遇的，还有几件老家具。第二天来了几个懂行的，给我们估价。那几件老家具命比我好，据说值四位数，它们就被留在屋里了。我呢，因为被说是民国的，不怎么值钱，所以就又被搁在房檐底下，听任‘雨打风吹去’了。

“这回，倒真是我的旧主人搬家，嫌我没地方搁了，就动了卖我的念头。他也真是下岗了，家里的日子紧巴巴的，手里没闲钱。女主人不同意卖，说是老人就留下这么几件，得做个纪念。那天她上班去了，男主人偷偷拉了我出来。我呢，也同意，因为这么多年靠边站，我是什么都不知道了，知识和经验都老掉牙了，早就想出来见见世面。男主人拉着我往红桥去的时候，我高兴着呢，寻思要真有个老外把我带到国外去，我不也就成了留洋大军中的一分子了。谁想就被你‘劫持’到你家来了……”

哎哟，感谢琉璃象，终于为我揭开了谜底！

我看见自己绷得如满弓的心一抖，“嗖”地就把那支快乐之箭射出去了。它像一颗火种，落到一大堆干柴上，“轰”地爆起了一大团火焰。火光熊熊，火苗婀娜多姿，舞得恣情尽意，美丽得像童话一般。经历此番沉沦，“真”对于我来说，几乎成为救命的稻草，我益发坚信：生命的无限高贵性，不会都在于物质法则。物质是有限的，而精神是无际无垠无涯的，它予人以永恒。在这个意义上，那些物质主义者，那些只信奉功利主义的人，永远也不会明白我们这些“精神人”的“不实际”——好比韩小蕙，既不要熊掌，也不要鱼，她要的是生命之轻！

不过，我觉得有点儿对不起琉璃象，没想到它竟然还有着负笈海外的大抱负呢，我这不是耽误它了吗？琉璃象却大度地一笑：

“没关系，我先在你这儿待一段时间也挺好。你愿意把我当朋友吗？”

“当然啦！”

“为什么？”

“信任你呗。”

“韩小蕙，你怎么这么不可救药啊？你又以为我说的都是真话了！”

“啊？”

六

那天夜里，我确实没做梦，眼睁睁看着琉璃象离我而去。

临行前，它来跟我告别。

它用大鼻子轻轻蹭着我的手说，它要周游世界去了，去看看这个越来越弄不懂的世道。

咳，其实需要出去学习的是我，我才越来越不能适应这个世界了呢！

…………

我轻轻拍着它的背。虽然很伤感，但我还是相信它说的一切。

七

一觉醒来，意识刚一恢复的刹那，我“腾”地坐起来，向我的琉璃象看去——明月正圆！

2002 年 11 月 26 日初稿，2022 年 7 月定稿

读 书 笔 记